Paraíso
perdido

Robyn Donald

publicado por Harlequin

NOVELAS CON CORAZÓN

Editado por HARLEQUIN IBÉRICA, S.A.
Hermosilla, 21
28001 Madrid

© 1993 Robyn Donald. Todos los derechos reservados.
PARAÍSO PERDIDO, Nº 791 - 1.5.96
Título original: Paradise Lost.
Publicada originalmente por Mills & Boon, Ltd., Londres.

I.S.B.N.: 84-396-4869-3
Depósito legal: B-46456-1995
Editor responsable: M. T. Villar
Diseño cubierta: María J. Velasco Juez
Composición: M.T., S.A.
Avda. Filipinas, 48. 28003 Madrid
Fotomecánica: PREIMPRESIÓN 2000
C/. Matilde Hernández, 34. 28019 Madrid
Impresión y encuadernación: LITOGRAFÍA ROSÉS, S.A.
C/. Progreso, 54-60. 08850 Gavá (Barcelona)
Fecha de impresión: Febrero-96

Distribuidor exclusivo para España: M.I.D.E.S.A.
Distribuidor para México: INTERMEX, S.A.
Distribuidores para Argentina: interior, BERTRAN, S.A. / Buenos
Aires y Gran Buenos Aires, VACCARO SÁNCHEZ y Cía, S.A.

Capítulo 1

BLAIR Doyle estaba ligeramente sonrojada, pero no por el calor. Un año en Fala'isi la había aclimatado a los trópicos. Tampoco era causado por el grupo de admiradores que la rodeaban, todos pertenecientes a un equipo deportivo que habían vuelto a Nueva Zelanda después de un torneo en Europa, y estaban de vacaciones en la isla. Aquellos que tenían pareja habían llevado a sus esposas y novias; casi todos los demás estaban alrededor de Blair.

—¿Más champán, señorita Doyle? —preguntó el camarero con una sonrisa de complicidad.

—No gracias, Rat, pero me encantaría una soda con lima —dijo en voz baja.

—Le traeré una.

El grupo que rodeaba a Blair rompió a reír cuando uno de los hombres terminó un chiste. Blair tuvo que forzarse a sonreír. Ellos estaban haciendo todo lo que podían para impresionarla. No era culpa suya que no tuvieran éxito, y ella tenía la suficiente buena educación como para ocultar su aburrimiento. Además, había aceptado la invitación de Sam Vaile a la fiesta encantada. Aquella noche no quería estar sola.

El aviso de que le habían concedido el divorcio había llegado en el correo de aquel día, con una carta de Penny Harding, una supuesta amiga de Nueva Zelanda, que le deseaba un feliz cumpleaños y en el siguiente párrafo le informaba, con deleite apenas disimulado, que Gerald Cartwright, que en otra época había sido marido de Blair, y su novia acababan de tener un hijo.

Aunque Blair ya no quería a Gerald, se había sentido traicionada. El que hubiera tenido un hijo, después de haber pasado los cinco años de su matrimonio diciéndole que no quería tener familia incrementaba su ira y resentimiento.

Lo cual no era pretexto para seguir bebiendo champán, desde luego. Aceptó el refresco de lima con una sonrisa y volvió a prestar atención a los hombres que la rodeaban.

—De modo que tú vives aquí permanentemente —dijo uno de ellos mientras contemplaba, desde la terraza, la laguna centelleando bajo las estrellas—. ¡Qué suerte tienes! Yo creía que era casi imposible obtener permiso para residir en Fala'isi.

—Lo es. Yo estoy aquí gracias a una especie de beca.

—No pareces una intelectual —repuso uno de ellos incrédulo.

Blair sonrió.

—He conocido a intelectuales, y estudiantes de todo tipo —contestó secamente—, pero tienes razón, no lo soy. Soy artista.

Y, adelantándose a la inevitable pregunta, añadió:

—Pinto paisajes. Uno de ellos llamó la atención del Primer Ministro en una exposición en Auckland y él sugirió que viniera aquí y dedicara un par de años a pintar la isla. De modo que aquí estoy.

—Buscando inspiración —comentó un hombre mayor con cierto desprecio.

Blair respondió a su mirada con desdeñosa tranquilidad. Estaba cansada. Sus admiradores eran agradables y entretenidos y apreciaban abiertamente su belleza, pero le parecían demasiado jóvenes.

Pensó que debería haberse quedado en casa en vez de intentar encontrar alivio en compañía.

Durante otros diez minutos, continuó atendiéndoles, deslumbrándolos sin esfuerzo. Le resultaba fácil; su mejor amiga había dicho con bastante frecuencia y con envidia que cautivaba a los hombres con su encanto.

Al final se liberó, con una ocurrencia que los hizo reír a todos, y cruzó la habitación para despedirse de su anfitrión, Sam Vaile, que era gerente del hotel.

Estaba hablando con un hombre al que Blair no había visto antes. Un nuevo huésped, concluyó tras un rápido vistazo al desconocido.

Era un hombre delgado, atractivo, con aspecto de tener una voluntad feroz e implacable. El blanco y negro de su esmoquin contrastaba con los destellos castaño rojizos de su pelo.

Blair observó que era el hombre más guapo que ella había visto nunca, pero no había ni rastro de calor en sus facciones ni en los claros y brillantes ojos azules que la miraban tan desapasionadamente mientras ella se acercaba a él.

¡Y era muy alto! Blair medía casi un metro ochenta, pero ese hombre le sacaba por lo menos ocho centímetros.

—Ah, Blair —dijo Sam—, ven y déjame presentarte a Hugh Bannatyne, un compatriota tuyo que va a estar con nosotros durante algún tiempo. Señor Bannatyne, ésta es Blair Doyle.

Era evidente que él era alguien importante, de otro

modo Sam hubiera utilizado sólo su primer nombre.
Pero no había sido necesaria la presentación de Sam
para que Blair lo supiera.

Blair se preguntó si sería muy difícil transferir ese
rostro a un lienzo, reproducir la fuerza y la energía
contenida de aquel hombre, la crepitante atmósfera de
peligro que lo envolvía. Una profunda excitación iluminó sus ojos. Hugh Bannatyne sería un modelo perfecto.

Los ojos de Bannatyne, azules como el corazón de
un zafiro, estaban fijos en el rostro de Blair. Estaba
estudiándola con una calculada indiferencia que inmediatamente la puso alerta.

Esforzándose por borrar todo rastro de cinismo en
su voz, dijo:

—Bienvenido a Fala'isi, señor Bannatyne.

Blair le tendió la mano y, mientras Hugh se la estre-
chaba, tuvo que luchar por mantener la sonrisa en su
rostro, por detener la repentina e involuntaria tensión
de los músculos de su garganta.

Le resultaba impactante el estudiado dominio de sí
mismo de Hugh Bannatyne.

Blair retiró la mano, consciente del primer destello
de una dulce y pérfida atracción que había aprendido
a evitar.

La marca de su alianza había sido borrada hacía
mucho tiempo por el sol tropical de Fala'isi, pero durante un momento, Blair pensó que esos asombrosos
ojos azules habían sido capaces de ver algún rastro de
ella.

—Señorita Doyle —Hugh Bannatyne tenía una voz
hermosa, grave y profunda, pero también muy impersonal—. ¿Cómo está usted?

No era el tipo de reacción al que Blair estaba acostumbrada. «Te estás acostumbrando mal», pensó con ironía. Quizá aquello era lo que les pasaba a las mujeres divorciadas de treinta años. Su atractivo se marchitaba y los hombres empezaban a mirarlas sin ningún tipo de interés.

—¿Cómo está usted? ¿Se va a quedar por aquí mucho tiempo? —preguntó cortésmente.

—Diez días, más o menos.

Se notaba que era hombre de pocas palabras. Blair le dedicó su sonrisa más encantadora y dijo con intensidad:

—Espero que disfrute de su estancia. Quizá lo vea por la isla en alguna ocasión —y se volvió hacia Sam—. Tengo que irme —añadió y un cariño sincero suavizó el brillo superficial de su sonrisa—. Gracias por invitarme; ha sido una fiesta maravillosa. Tus deportistas son un grupo encantador.

Sonriendo, Sam se inclinó para besarla en la mejilla. Él también estaba pendiente de los papeleos de su divorcio, lo cual les daba un sentimiento de camaradería.

—Buenas noches —la sonrisa de Blair cambió mínimamente cuando cruzó la mirada con el hombre que estaba al lado de Sam, que inclinó la cabeza educadamente.

La luz arrancó un destello rojizo a su pelo. Al verlo, Blair se estremeció.

Tenía que ser una reacción lógica ante su patente virilidad, pero no respondía a ningún sentimiento más profundo, de modo que debería intentar evitarlo. Al fin y al cabo, él no demostraba ningún interés en ella.

Mientras cruzaba la habitación atestada de gente, se burló de sí misma. ¡Ella no necesitaba una respuesta fácil y rápida de Hugh Bannatyne ni de ningún otro hombre para alimentar su ego!

En ese momento, la orquesta comenzó a tocar una melodía alegre y a cantar. Blair decidió continuar caminando hacia la puerta, pero antes de que hubiera dado dos pasos, uno de los jóvenes con los que había estado riéndose y charlando le dijo:

—Baila conmigo, Blair.

Su primer instinto fue negarse, pero los buenos modales que su madre le había inculcado la persuadieron de aceptar.

Una hora más tarde, acalorada, cansada e irritada, Blair decidió que su madre era la culpable. La buena educación era muy importante, pero ella habría preferido no bailar.

Se libró de su más reciente pareja y esperó una oportunidad para escaparse sin ser vista.

Recorrió la habitación con la mirada. Sam estaba hablando con unos amigos, pero su compañero, el tal Bannatyne, se había marchado.

Mejor, pensó. Era irritantemente atractivo, pero ella no necesitaba ningún hombre en su vida.

Aquella vez nadie notó su partida y diez minutos después casi había llegado a casa; la playa se extendía frente a ella como una lámina de plata. Incluso después de un año en Fala'isi la belleza la conmovía.

De pronto, los ojos se le llenaron de lagrimas de dolor. Su sombra, proyectada por la luna, se extendía sobre la arena: ahí se veían sus largas piernas, los anchos hombros, la estrecha cintura y la melena que le daba un aire definitivamente juvenil.

—No aparentas tu edad —le dijo a su sombra— No pareces tener treinta años, estar divorciada y estar sola. Ni siquiera pareces cínica y cansada.

Fala'isi era un paraíso y adoraba vivir allí, pero su vida le parecía vacía sin un objetivo. Todo lo que había deseado y se había esforzado por obtener... un marido, hijos, la empresa de decoración de Auckland... todo se había perdido. Con un movimiento rápido y furioso, se enjugó las lágrimas. No lloraría. Ya había llorado mucho por Gerald. Y había tomado todas las decisiones que la habían llevado hasta Fala'isi, incluso la de vender la mitad del negocio a su socia.

Había sido desgarrador deshacerse del negocio, pero había tenido que hacerlo; Gerald tenía derecho a la mitad de sus bienes y había exigido su pago legal. Blair podría haber pedido prestado dinero para conservar su parte del negocio, pero por alguna razón su trabajo había perdido todo su encanto.

Durante el primer arrebato de repugnancia tras la traición de Gerald, venderlo todo y comenzar de nuevo le había parecido la mejor opción, aunque a veces se preguntaba si había sido cobarde al huir de las ruinas de su matrimonio desde Nueva Zelanda hasta Fala'isi.

Detrás de ella, oía la música del hotel; si volviera la cabeza podría ver las luces y los bajos edificios. Si necesitara asegurarse a sí misma que todavía era suficientemente mujer para atraer a un hombre, lo único que tenía que hacer era volver, coquetear y reír, e incluso irse a la cama con algunos de los deportistas.

La idea le daba asco.

Se dirigió hacia la casa en la que estaba viviendo, una fantasía tropical construida por un americano. Blair estaba cuidando de la casa, aunque en realidad no sabía por qué se la necesitaba. No había apenas robos en Fala'isi.

No había otras casas en la playa y los huéspedes del hotel rara vez bajaban hasta allí, de modo que se sobresaltó cuando oyó que alguien le dijo:

—Buenas noches.

Un neocelandés, advirtió ella automáticamente, aunque el típico acento había sido modificado por una entonación precisa y autoritaria. Por supuesto, era Hugh Bannatyne.

—Buenas noches —respondió ella, le dedicó una sonrisa de compromiso y siguió caminando con rapidez.

¿La habría oído llorar? Sintió un incómodo calor, pero se encogió de hombros. No era probable que lo volviera a ver.

Pero después de ducharse y ponerse una bata en vez de irse a la cama, Blair vagó hasta la habitación con aire acondicionado que le servía de estudio y se sentó a dibujar con trazos seguros el rostro de Hugh Bannatyne.

Cuando terminó el bosquejo, una sonrisa burlona curvó su boca. No había conseguido plasmar la virilidad que sus austeras facciones no conseguían ocultar. Un escalofrío le recorrió la espalda.

¿Sería aquel hombre la fantasía secreta de toda mujer, el oscuro amante diabólico, el hombre peligroso e irresistible? Incluso aunque Hugh Bannatyne estuviera interesado en ella, como el instinto le advertía, sería una estúpida si decidía tener una aventura con él.

Después de sacar a aquel hombre de su mente, Blair se fue a la cama. Al cabo de un rato se durmió, para despertar a una de las frescas y tiernas mañanas tropicales. Mientras permanecía tumbada en la enorme cama doble, oyendo el arrullo de una paloma posada en el árbol del pan, Blair decidió que había superado un acontecimiento importante en su vida.

El divorcio ya era oficial y había pasado su cumpleaños. Era el momento de dejar de lamentarse y seguir adelante con su vida.

Después de desayunar, colocó algunas de sus obras,

los brillantes y alegres acrílicos de la isla que se vendían tan bien, en una carpeta y se dirigió por la playa hacia el hotel. Antes de llegar a la tienda de regalos, fue interceptada a medio camino por Sam.

—¿Cuadros nuevos? —preguntó—. Qué bien. A los turistas les encantan.

—Benditos sean. Entre todos, consiguen mantener al lobo alejado de la puerta.

Sam sonrió y le dio una palmadita en el brazo.

—¿Qué tal si le abres la puerta a este lobo?

Blair se rió y abrió los ojos de par en par.

—Lo siento, pero eres australiano. Ninguna neocelandesa decente mancharía su vida amorosa con un australiano.

Aunque Sam fingía ser un mujeriego, su único amor eran sus hijos, que iban desde Australia a visitarlo durante las vacaciones, de modo que Blair se sentía bastante a salvo coqueteando con él.

—¿Cómo te atreves a insultar así a mi país? Tendré que... Oh, ahí está Hugh Bannatyne. Quería verme. ¡Continuaremos esta interesante conversación más tarde, querida!

Sin mirar hacia el tal Bannatyne, Blair fue hasta la tienda de regalos, donde fue recibida con entusiasmo por Asa y conducida a una pequeña habitación, separada de la tienda por una cortina de cuentas.

—Muy bien —dijo Asa—. Ahora déjame verlos.

Cinco minutos después, Blair alzó la mirada y se encontró con que, mientras ella y Asa habían estado hablando, Hugh Bannatyne había entrado silenciosamente en la tienda.

A diferencia de la mayoría de los turistas, no estaba curioseando la mercancía; permanecía de pie con esa paciencia desconcertante y la mirada fija en la cortina de cuentas.

Señalando con la cabeza, Blair dio un codazo a Asa. La encargada de la tienda salió de inmediato.

—Tiene un par de acrílicos en el escaparate —dijo él—. ¿Tiene alguna otra cosa del mismo artista?

—Sí, hoy mismo ha traído alguno más —le informó Asa, y luego alzó la voz—. Blair, trae tus cuadros.

Blair permaneció clavada en su sitio, resistiéndose instintivamente. Tenía la absurda convicción de que si salía por esa puerta, su vida nunca volvería a ser igual.

Pero no era una cobarde. Además, ya no confiaba en su intuición; la suya la había defraudado demasiadas veces. ¡Después de todo, había sido en parte la culpable de que se casara con Gerald!

Irguiendo los hombros, tomó la selección de acrílicos y los llevó.

Al verla, Hugh entrecerró ligeramente los ojos.

—Señorita Doyle, buenos días. Me gustan sus cuadros, pero los que están en el escaparate son demasiado sencillos para mi gusto. ¿No tiene algo un poco más complejo?

—Mire esos —sugirió Asa, señalando los acrílicos—. Si no encuentra nada que le guste, Blair puede enseñarle algunas de sus otras obras. Las que vende aquí son para un público determinado, usted comprenderá.

—Por supuesto. Turistas —y empezó a mirar los acrílicos.

Blair tuvo que arrancar la mirada de su rostro. El retrato no era su fuerte, pero ansiaba enfrentarse al reto de plasmar aquella intensa expresión. El bosquejo en carbón que había realizado la noche anterior no había satisfecho su necesidad de grabar sus facciones; sólo el óleo, decidió, le haría justicia.

Se estaba preguntando cómo reflejaría aquel aire de aplomo cuando se dio cuenta de que Hugh ya no estaba prestando atención a las pinturas. Había alzado la cabeza y la estaba mirando con reservada indiferencia. Blair se ruborizó.

—Esa es una mirada extraordinariamente analítica —comentó él en voz baja.

—Estaba pensando que me gustaría retratarlo —admitió.

Aunque Hugh no cambió de expresión, la joven casi pudo oír cómo se cerraba su armadura de reserva, dejándola a ella afuera.

—Me siento halagado —respondió—, pero creo que no. ¿Cómo son el resto de sus obras? ¿Más de lo mismo?

—No.

—Blair tiene un estudio en la playa —comentó Asa cuando el silencio amenazaba con volverse incómodo—. ¿Por qué no llevas al señor Bannatyne a tu casa y le enseñas algunas de tus obras, Blair?

—Si le interesa, señor Bannatyne, puedo darle una cita.

—¿Tendría algún inconveniente en que fuéramos en este momento?

—Ninguno —no quería que advirtiera el miedo que le daba que aquel hombre se acercara a su estudio o a su casa.

—Entonces iré a verlos ahora.

Blair respondió tranquilamente:

—Puedo traerlos hasta aquí; no es ninguna molestia.

—No se tome tantas molestias —dijo en voz baja y luego añadió con bastante autoridad—: Iré con usted ahora. No vive a mucha distancia de la playa, ¿o sí?

Antes de que Blair pudiese responder, Asa intervino.

—A diez minutos y es un paseo muy agradable —sonrió a Blair—. Deja esos cuadros aquí.

No había más que decir. Cediendo con buen talante, Blair respondió:

—Vamos, entonces.

Y precedió a Hugh Bannatyne por la puerta.

Blair estaba acostumbrada a llamar la atención; era lógico en una rubia de casi un metro ochenta de estatura. Sin embargo, al ir acompañada de un hombre con tanto carisma, las miradas de interés se convirtieron en miradas fijas.

Después de taparse los ojos con las gafas de sol, dijo cortésmente:

—Yo he venido andando por la playa, señor Bannatyne, pero si usted prefiere ir en coche puedo...

—No.

Hugh llevaba unos pantalones de algodón y una fina camisa de color claro.

—Iré andando con usted.

A su alrededor, las personas deambulaban alegremente por la playa. El sordo rumor de las olas en el arrecife constituía un constante contrapunto al susurro del viento en los cocoteros. Blair y Hugh Bannatyne caminaban en silencio por la playa.

Normalmente, Blair paseaba por la playa buscando elementos para un futuro cuadro, pero aquella vez toda su atención estaba centrada en el hombre que estaba a su lado.

—¿Lleva mucho tiempo viviendo aquí? —preguntó Hugh, sorprendiéndola.

—Un año —le confesó ella—. ¿De qué parte de Nueva Zelanda proviene usted?

—De Hawkes Bay.

Viñedos, dinero, enormes residencias y un clima excepcional... No le resultó extraño que Hugh procediera de allí.

Hugh continuó:

—¿En dónde vivía usted antes de venir aquí?

—En Auckland.

Siguieron caminando sin cruzar palabra. Blair estaba tan nerviosa que la distancia le pareció el doble de larga que de costumbre.

A cien metros de la casa, una pequeña canoa con una vela deshilachada había sido arrastrada hasta la playa.

—Buenos días —saludó Blair, sonriendo a los jóvenes que la estaban esperando.

Ella era uno de sus clientes habituales.

—¿Qué tenéis para mí hoy?

Sonriendo, le enseñaron un atún. Cuando ella sacó su monedero, el mayor de los muchachos dijo tímidamente:

—Mi madre dice que usted podría pintar un cuadro para ella y nosotros podríamos pagar en pescado.

El joven mantenía la vista respetuosamente baja. En Fala'isi, como en todas las sociedades polinesias, no se consideraba cortés mirar a los ojos de los mayores.

—Sí, por supuesto. ¿Qué clase de cuadro?

El joven sacó una fotografía arañada de su bolsillo y se la tendió.

—Es el hermano de mi madre —explicó—. Murió en Australia.

—Sí, puedo hacerlo. ¿De qué tamaño lo quiere?

El joven se lo mostró, aproximadamente cincuenta por cincuenta centímetros y después le sonrió con alegría.

—Ella le envía este coco —dijo alegremente—. Póngalo en el frigorífico y será una rica bebida para usted y para el hombre que la acompaña.

Blair tuvo que hacer un enorme esfuerzo para que no se le helara la sonrisa en los labios.

—Gracias.

Y se despidió con la mano mientras los dos jóvenes empujaban la canoa hasta el agua.

—¿Hace muchos trabajos de ese tipo? —preguntó él.

—Es la primera vez. Su madre trabaja en el hotel, es viuda y su hermano solía enviarle dinero. Gracias a él los jóvenes pudieron ir al instituto. No me molesta que me haya pedido este cuadro. Es probablemente el único recuerdo que tendrá de su hermano.

—Ya veo —parecía casi divertido.

Blair lo miró indignada, pero Hugh no reaccionó.

—Ya hemos llegado —se limitó a decir ella.

Su hogar estaba en medio de un prado verde, que terminaba en una balaustrada. Un sendero conducía, a través de un bosquecillo de palmeras y pasando por floridos arbustos de hibisco, hasta el porche.

—Pase —dijo Blair—. Ahora le atiendo, voy a poner el pescado y el coco en el frigorífico.

—¿En dónde está su estudio? Puedo ir mirando sus obras mientras usted atiende sus quehaceres domésticos.

—Por aquí —señaló con la mano.

Pero nada más decir aquellas palabras, se quedó petrificada. ¿Había guardado la libreta de bosquejos en la que había estado trabajando la noche anterior? Era demasiado tarde para preocuparse por eso, pero suspiró aliviada cuando un rápido vistazo al estudio reveló que la libreta estaba a salvo.

—Los que se venden están allí —dijo, señalando una de las hileras de lienzos.

—Voy a ir mirando.

—Y yo voy a ir preparando una bebida.

Hugh alzó la mirada. Una inesperada y provocativa sonrisa curvó su boca.

—Espero que no sea agua de coco.

Blair sonrió.

—No —coincidió, consciente de un cambio repentino en su actitud.

Pero la sonrisa de Hugh se desvaneció en seguida.

—Creo que no me apetece tomar nada, gracias.

«Como quiera», pensó ella, herida. En voz alta dijo:

—Avíseme si puedo ayudarle.

Y lo dejó solo.

Veinte minutos después, Hugh salió. Después de alzar la mirada desde el sofá de mimbre en el que fingía estar leyendo una revista, Blair preguntó:

—¿Ha encontrado algo que le guste?

—Sí, tres óleos.

—Yo... oh, qué bien —a ella misma le pareció una respuesta estúpida.

—No parece loca de alegría por haber vendido tres cuadros. Supongo que no tiene dificultad para deshacerse de sus obras.

—Los acrílicos de la isla se venden mucho.

—Puedo comprender por qué. No son el producto habitual para turistas. Hay más que un indicio de pasión debajo de la excelente técnica.

—Gracias —dijo tras un instante de vacilación— ¿Es usted un experto en arte?

—Sé lo que me gusta —respondió con una sonrisa irónica.

—Pues estoy segura de que sabe bastante de arte.

—Lo suficiente como para saber que está perdiendo el tiempo pintando paisajes que les recuerden a los turistas sus vacaciones en los Mares del Sur.

—Me acostumbré a comer en la infancia y nunca he podido convencerme de que morirme de hambre en una buhardilla es preferible a pintar cuadros populares de vez en cuando.

—¿No hay ninguna galería que se interese por su obra?

—¿Para qué necesito una galería? Podría vender cientos en Fala'isi...

—Esos lienzos de ahí adentro no son de Fala'isi. Deberías tener a los propietarios de las galerías de Auckland ansiosos por conseguir tus cuadros.

—Todavía no.

—¿Por qué no?

—Porque en Auckland se me conoce como decoradora. ¿Se imagina usted qué tipo de credibilidad me da eso?

—¿Decoradora?

—Me dedicaba a decorar casas, y se me daba bastante bien —dijo con frialdad.

—¿Qué la hizo renunciar y venirse aquí?

Blair se encogió de hombros y miró a Hugh con cierta agresividad.

—Necesitaba un cambio —respondió—, y Fala'isi me pareció el lugar perfecto para ello.

—En otras palabras, ocúpese de sus propios asuntos.

Sintiéndose de pronto un poco avergonzada de su grosería, Blair dijo:

—No quiero quedarme siempre aquí, pero, ¿no le parece un paraíso para pasar unas vacaciones?

—Para unas vacaciones, desde luego, no para vivir.

Y usted no parece ser la clase de persona que se cree los tópicos turísticos.

Blair estuvo a punto de preguntarle qué clase de persona creía que era, pero se contuvo justo a tiempo. Con una tensa sonrisa, se volvió para ver qué lienzos había escogido.

No le sorprendieron. Uno era un paisaje casi abstracto de maleza y río solitarios. El segundo era una escena nocturna en la que había intentado evitar el fácil romanticismo de la luna y el agua y transmitir la soledad de tres pequeñas islas en el fin del mundo. Nueva Zelanda estaba reflejada en ambos, magnífica, insensible, despiadada. Eran producto de los primeros meses pasados en Fala'isi cuando su vida parecía haber llegado a su fin.

—¿No conoce el poema de Tennyson? Comer lotos lleva a la inercia y finalmente a la muerte, del espíritu y del alma, si no del cuerpo —dijo Hugh inesperadamente.

—¿Habla por experiencia propia?

—Pasar la vida vagando por la playa nunca ha sido una de mis ambiciones.

«Parece un hombre que ha perdido la capacidad de soñar», pensó Blair mirándolo con disimulo.

—¿Cuánto quiere por su obra? —preguntó bruscamente Hugh.

—¿De toda o se refiere a cada cuadro? —se preguntó sintiéndose completamente idiota por no haber pensado en el precio.

—Individualmente. Por cierto, ¿el tercero vale lo mismo?

Blair dio la vuelta al tercero. Eran unas montañas vistas desde el aire. Pero no eran las verdes y húmedas montañas de Nueva Zelanda. Eran montañas en las que la tierra estaba resquebrajada por la sequedad. En la parte superior del lienzo, la garra de un águila aparecía en un triángulo de cielo.

—Ése no está en venta, lo siento —dijo Blair tajantemente.

—¿Por qué?

Porque estaba inspirado en una experiencia que ella todavía no había podido superar.

—Lo siento —dijo con voz débil—. No sabía que estaba junto con los otros.

—Si no puedo quedarme con éste, no quiero ninguno.

Blair lo miró sin pronunciar palabra. No había posibilidad de discutir con aquel hombre de mirada implacable.

Vivir en Fala'isi le resultaba barato, aunque ella pagaba parte de los gastos de la casa. Los recuerdos que pintaba para los turistas eran suficientes para cubrir gastos. Pero cuando volviera a Nueva Zelanda necesitaría comprar una casa y para ello necesitaba mucho más dinero.

Contempló el cuadro que Hugh Bannatyne quería.

Quizá debería vendérselo; sería una forma de liberarse de las semanas pasadas en El Amir. Su amiga Tegan le había preguntado si, al quedarse con esa serie de pinturas, no se estaría negando a olvidar las semanas que había pasado, dos años y medio atrás, prisionera en El Amir, un minúsculo emirato de Oriente Medio. Era posible que Tegan tuviera razón.

—Está bien, puede quedárselo.

—¿Cuánto?

Una explosión repentina de ira la hizo estipular un precio que debería haberlo dejado helado, pero él se limitó a decir:

—¿Acepta tarjetas de crédito?

—No.

—Entonces tendré que darle un cheque. Estaré aquí algunos días, de modo que podrá cobrarlo antes de que me marche. Me gustaría que me diera un recibo.

—Sí, por supuesto —respondió—. Si quiere, puedo guardar los cuadros aquí hasta que usted se marche.

—Al menos hasta que el banco compruebe el cheque —comentó él, imperturbable.

Blair quería que se fuera. Tenía la sensación de que Hugh sabía demasiado de ella, que su mirada había atravesado las defensas que había erigido con tanto cuidado y que sabía que su vida era un páramo yermo.

Diez minutos después, estaba sola, contemplando su firma: H. E. Bannatyne, con letra firme y enérgica.

Decidió llevar el cheque al pueblo de Fala'isi inmediatamente. El autobús saldría del hotel al cabo de diez o veinte minutos.

El banco prometió comprobar el cheque lo antes posible. Blair abandonó el edificio y estaba pasando por el mercado de Fala'isi cuando oyó que la llamaban. Se volvió con desgana. Sam Vaile era un encanto, pero en ese momento no tenía ganas de hablar con nadie.

—Hola, Blair. ¿Has venido en el autobús? Deberías haberme dicho que querías que te trajera. Qué calor hace. Estoy exhausto, pero mírate a ti, fresca como una margarita. ¿Cómo lo consigues?

—Procuro andar despacio.

—Y yo voy corriendo a todas partes. ¿Puedo convencerte de que te tomes un café conmigo en Traders?

—Por supuesto.

Ya adentro, estuvieron hablando hasta que Blair

enmudeció al ver pasar por la calle a Hugh. Vestido con ropa ligera, completamente adecuadas para el trópico, destacaba incluso entre los altos isleños.

A pesar de las miradas de admiración que atraía a su paso, parecía estar solo; era un hombre completamente autosuficiente.

Capítulo 2

ASÍ era como se sentía Blair: aislada del resto de la humanidad, una extraña. Pero a ella no le gustaba ser así, mientras que ese parecía ser el estado natural de Hugh.

—Un hombre interesante —dijo Sam, con demasiada indiferencia.

—Sí. Me ha comprado tres cuadros hace una hora.

—¿De verdad? ¡Me alegro por ti! Ese tipo es un poco enigmático. Sin embargo, debe tener muchísimo dinero; se aloja en la suite del embajador. Por lo general se queda con los Chapman.

Grant Chapman era un hombre influyente. Su familia estaba en la isla desde que los europeos habían llegado al Pacífico Sur... el primer Chapman se había casado con la hija del último jefe tribal. Sus descendientes habían conseguido un ámbito de influencia que se extendía por todo el Pacífico. El Primer Ministro había consultado a Grant Chapman antes de firmar el permiso de Blair para vivir en Fala'isi.

—¿Y por qué no se aloja con ellos esta vez? —preguntó Blair.

Sam se encogió de hombros.

—Están en Inglaterra y les están pintando la casa. Pero cuando recibí una nota de la oficina principal, pidiéndome que facilitara toda ayuda, etcétera, etcétera al señor Bannatyne, detecté la mano de Chapman. ¿Qué opinas de Hugh Bannatyne?

—Es muy... autosuficiente.

—¡Precisamente! Pero a mí me gustaría tener lo que sea que tiene Bannatyne. Le basta sentarse y las mujeres comienzan a acercársele, aunque hasta ahora todas se han marchado desilusionadas.

—Y parece que disfruta estando solo —prosiguió Sam—. Ya sabes, a la mayoría de los solteros les gusta juntarse con gente, pero él es feliz así. Como tú dices, es un hombre autosuficiente.

—Yo estoy completamente a favor de la autosuficiencia —contestó Blair con tranquilidad.

Sam la miró.

—Tú también lo tienes, ese aire de... oh, de serenidad, de seguridad interior por decirlo de alguna manera. Aunque no tanto como Bannatyne. Tú no eres tan dura como él.

—Ojalá.

Blair trató de buscar una forma de desviar la conversación de Hugh.

—Claro, que supongo que si es un abogado internacional, tiene que ser duro —comentó Sam.

—¿Qué es un abogado internacional?

—Sólo tengo una vaga idea, pero ésa es la profesión de Hugh.

—¿Cómo lo sabes?

—Alguien que estaba en el bar anoche lo comentó. Parece ser que trabaja con empresas internacionales que tienen intereses en Nueva Zelanda. El hombre con el que estuve hablando dijo que tiene tal reputación que puede escoger a sus clientes. Procede de una fami-

lia adinerada y por lo visto es famoso por su honesti-
dad, aunque es implacable. Según él, muchas empresas
se han retirado lamiéndose las heridas después de que
él hubiera acabado con ellas.

Semejantes antecedentes y reputación explicarían,
sin lugar a dudas, la arrogante confianza en sí mismo
de Hugh y su aire aristocrático. Incómoda por el interés que despertaba en ella Hugh Bannatyne, se terminó
el café y convenció a Sam para que le contara lo que
había ocurrido un par de días antes cuando un famoso
actor de cine y su supuesta sobrina habían sido sor-
prendidos por la esposa de él en la isla.

Sam contó una historia divertidísima y casi inmediatamente Blair olvidó a Hugh.

—¿Cómo sabes todo eso? —exclamó cuando Sam
terminó, intentando sofocar su risa.

—En la Isla todo se sabe. La joven que trabaja en
esa casa es prima del viejo Pere Upula, que es el suegro
de Philip Motiti.

—¿Y forma parte de las obligaciones de Philip,
como subgerente del hotel Coral Sands, informarte de
todos los cotilleos?

—Por supuesto. Sina, la joven que te ayuda en la
casa, es prima de Philip, de modo que es extraño que
no te lo haya contado todo.

—En realidad no nos vemos mucho. Yo siempre
estoy trabajando cuando ella viene. Veo más a su marido cuando corta el césped.

—Bueno, supongo que no debería estar contándote
estas historias —dijo Sam, algo contrito—. Y no lo haría, de no ser porque el actor se escapó dejándonos una
cuenta sin pagar en el bar.

—Eso no parece propio del personal del bar.

—Era un joven nuevo e inocente y se dejó deslum-

brar por la estrella de cine y su supuesta «sobrina».
¿Estás lista para que nos vayamos? Tengo una cita
dentro de poco.

—Supongo que si pienso volver en el autobús será
mejor que empiece a moverme.

Ya en la calle, Blair se puso las gafas de sol.

—Me voy —dijo Sam, dándole un amistoso beso en
la mejilla—. ¿Quieres que te lleve a casa? Si es así,
espérame en el aparcamiento a las cuatro.

—No, gracias, volveré en el autobús de las tres.

—Entonces se te está haciendo tarde. Sale dentro de
cinco minutos.

—Vamos, Sam, ¿cuándo has visto que salga a su
hora?

—Cierto. De hecho, es probable que llegues a casa
antes si me esperas.

—Prefiero volver en el autobús. Gracias por el
café... te veré después.

Había dado unos pasos cuando vio a Hugh Bannatyne en la entrada de una tienda, hablando con un hombre al que ella reconoció como el dueño.

De modo que Hugh había estado viendo perlas, las
exquisitas perlas negras por las que era famosa Fala'isi.
Y, a juzgar por el hecho de que Piripi Ovalau, con
aspecto de enorme satisfacción, lo hubiera acompañado hasta la puerta, no había salido con las manos va-
cías.

Esas perlas costaban una fortuna. ¿Para quién las
estaría comprando? ¿Estaría casado? Debía de tener
unos treinta y cinco o treinta y seis años, lo que significaba que debería haber una esposa oculta en algún
rincón del mundo. Pero, por alguna razón, no parecía
casado. Parecía un hombre completa y absolutamente
solo.

Manteniendo prudentemente la distancia, Blair caminó detrás de él. No quería alcanzarlo.

Sin embargo, él debió presentir su presencia, porque después de cien metros, más o menos, miró por encima del hombro. Por supuesto Blair estaba mirándolo justo en ese momento. Hugh sonrió.

«Cree que lo estoy siguiendo», pensó Blair. Hugh inclinó la cabeza y, después, cruzó la calle.

Fue como una bofetada en pleno rostro. A Blair se le llenaron los ojos de lágrimas ante aquella humillación. Reunió todo su orgullo para seguir andando con la cabeza alta. ¿Cómo se atrevía? Si pensaba que toda mujer que andaba detrás de él lo iba siguiendo, tenía una opinión desmesuradamente buena de sí mismo.

Cuando llegó a la estación, se encontró con que el autobús todavía no había llegado y tuvo que esperar. Tras media hora de agradable conversación, sentada a la sombra de un árbol, le dijo a la mujer que estaba a su lado:

—El autobús tarda más que de costumbre, ¿no le parece?

—¿A dónde va?

—Al hotel Coral Sands.

Ese autobús ya ha salido.

Vaya, la única vez en que Blair había llegado tarde, el autobús había salido a su hora. Suspirando, consultó el reloj. Podía volver al pueblo y esperar a Sam, pero empezó a andar hacia casa. Sam tendría que pasar por donde ella iba y se detendría para recogerla.

Veinte minutos después, caminaba por una avenida bordeada por magníficos arbustos floridos. Un golpe de nostalgia la abrumó; todos los años, Tegan y ella iban a los Jardines de Rosas Parnell de Auckland y paseaban oliendo cada rosa y la forma de cada una.

Estaba pensando en ello cuando un coche se detuvo detrás de ella.

Se volvió, sonriendo. Desgraciadamente, el hombre que la miraba no era Sam. El corazón le dio un vuelco. Se puso las gafas de sol para enfrentarse a la mirada enigmática de Hugh Bannatyne.

—Hola —dijo Blair secamente.

—¿Puedo llevarla?

—Estoy esperando a que pase Sam Vaile —respondió.

—Tendrá que esperar bastante. Lo he visto en el bar del Trade Winds y no parecía tener intención de marcharse pronto —observó secamente—. Será mejor que suba.

Blair iba a negarse, sabía que debía hacerlo, pero en vez de negar con la cabeza, asintió. «Igual que una adolescente», pensó, irritándose cuando Hugh curvó la boca en una sonrisa fría y sin humor.

Pero, ¿qué daño podría hacerle volver en coche con él? Estaba exagerando, desde luego. Ella sabía manejar a los hombres; y después de lo que había pasado en El Amir, controlaba cada uno de sus pensamientos, de sus gestos, para que nadie pudiera malinterpretarla.

Ella odiaba sentirse así, prisionera de una amenaza que ya no existía. Pero, aunque había acudido a un psicólogo, no parecía haberla ayudado. Había sido incapaz de responder a ningún hombre, incluyendo a Gerald. Al final, cuando él la había dejado por una mujer más joven y sin problemas, ella lo había abandonado todo y había escapado al paraíso.

Y era feliz allí. A pesar del abierto desprecio que mostraba Hugh Bannatyne por la vida en la isla, a ella le encantaba vivir allí. Libre de responsabilidades. Se había entregado a la pintura, y lo que ella había considerado en un principio como pasatiempo, se había convertido en algo imprescindible en su vida.

No se engañaba... sabía que nunca sería una artista de primera... pero aceptaba el hecho casi con agradecimiento. David Andrews, el único pintor importante al que ella conocía, estaba consumido por su arte, tan poderosamente obsesionado con él que no era capaz de dedicarse a otra cosa. Blair lo compadecía, pues le parecía que había sacrificado todo... su matrimonio, sus hijos, la paz y la alegría... a las voraces exigencias de su musa. Blair se contentaba con producir sus mejores obras y extraer la satisfacción mental y emocional que pudiera de sus esfuerzos, pero necesitaba amigos y afecto para que su vida fuera completa.

Una sonrisa cínica torció las comisuras de su ancha y suave boca. Quizá debería intentar ser como David; al menos que fuera capaz de superar los recuerdos de su encarcelamiento en El Amir, nunca volvería a encontrar amor ni afecto con ningún otro hombre.

Aunque era difícil perdonarle a Gerald su traición, ella se veía obligada a comprenderlo. Los hombres, le había dicho él, necesitaban la expresión física del amor mucho más que las mujeres.

Probablemente tenía razón. Blair tenía que admitir que ella nunca había sentido nada parecido a los placeres que prometían las novelas. Hacer el amor era una experiencia agradable, pero no le parecía nada especial. Al cabo de un tiempo, había decidido que no era una mujer muy sensual.

Desgraciadamente, las reacciones que Hugh le provocaban, parecían indicar que podía haberse equivocado.

Después de cerrar la puerta del coche, la joven

decidió que hasta que llegaran al hotel sería muy reservada, muy tranquila. El recuerdo de la mirada que Hugh le había dirigido al pensar que lo iba siguiendo, y la arrogancia con la que se había deshecho de ella, corroían su serenidad como un ácido, pero le iba a demostrar que no tenía de qué preocuparse. No tenía ningún interés en mantener una relación con él. Los hombres causaban más problemas de lo que merecían la pena.

—¿Le molesta que apague el aire acondicionado y baje las ventanillas? —preguntó Hugh—. Cuando el coche se ha enfriado, prefiero no utilizar el aire acondicionado.

—No me molesta en absoluto. Estoy convencida de que esos pequeños ahorros de energía ayudan a salvar la capa de ozono.

Blair sacó una cinta negra del bolso para recogerse el pelo, alborotado por el viento.

—Tiene un pelo asombroso —observó él—. Como luz de sol, una mezcla de cobre y oro.

—Gracias —respondió ella muy seria.

—¿No le gustan los cumplidos? Supongo que le dicen muchos. Es usted muy guapa —hablaba en un tono extrañamente impersonal, como si el tema le aburriera.

—Gracias, de nuevo. O mejor dicho, gracias a la herencia genética que me ha dado estas facciones.

—¿Desprecia su aspecto?

—No soy tan tonta. Sé que me ha facilitado la vida en muchas formas. Sin embargo, prefiero recibir cumplidos por mi trabajo, que requiere esfuerzo y entusiasmo al igual que cierta cantidad de talento.

—Es evidente que su trabajo es muy importante para usted —repuso Hugh con cierta indiferencia.

—Sí.

Por lo general, Blair no hablaba mucho de su trabajo, pero algo la obligó a añadir apasionadamente:

—Es vital, esencial. A veces me pregunto cómo he logrado existir sin él.

—La envidio.

—¿No siente usted lo mismo por su profesión? Es abogado, según tengo entendido.

Hugh la miró de soslayo y luego volvió a prestar atención a la carretera.

—Sí, pero no siento lo mismo por mi trabajo. Disfruto con él, pero no lo necesito, como obviamente necesita usted el suyo. Me podría sentir igual de satisfecho con otras profesiones. ¿Es el arte la razón por la que no está usted casada?

No era... exactamente... una pregunta impertinente, pero Blair montó en cólera.

—Sin duda es muy difícil tener una relación normal. Los hombres tienden a querer que la cena esté servida a tiempo, la ropa lavada y los baños limpios. Disfruto de mi independencia y no tengo intención de renunciar a ella.

—Parece muy segura —comentó él.

—Lo estoy —dijo ella con firmeza.

Comenzaron a subir entre plantaciones de plátanos. Cuando había llegado a Fala'isi, a Blair le había maravillado la fecundidad, la lujuriosa y frondosa belleza de la isla. Un año después, continuaba apreciando su hermosura, aunque había otros aspectos de los trópicos de los que podía prescindir.

De la intensa humedad, para empezar. Enjugando con disimulo una gota de sudor de su frente, echó una mirada al hombre detrás del volante. El brillo de humedad sobre su piel realzaba la fuerza de sus facciones.

Después de pasar las plantaciones de plátanos, la jungla trepaba por los viejos volcanes hasta la altitud y la falta de tierra impedían el crecimiento del bosque. A Blair le encantaba el bosque tropical. Demasiado pronto, llegaron a la cumbre del viejo caudal de lava y bajaron por el otro lado, entre más plantaciones, y de ahí fueron al bosque de palmeras que se extendía durante kilómetros a lo largo de la playa.

Cuando llegaron al hotel, Blair le dijo a Hugh:

—Déjeme aquí, puedo ir andando hasta mi casa.

Pero Hugh la ignoró y continuó conduciendo hasta llegar al estrecho sendero que llevaba hasta su casa. Y allí, la acompañó hasta la puerta.

Así que, por supuesto, Blair tuvo que invitarle a tomar algo. No hizo ningún esfuerzo por parecer hospitalaria, de modo que le sorprendió que él aceptara.

Cuando una vez dentro, Blair le preguntó a Hugh qué tipo de bebida le apetecía, contestó con prontitud:

—Grande y fría, sin alcohol.

—¿Zumo de lima? Hay un árbol de lima en el jardín, de modo que el zumo será fresco.

—Me parece perfecto.

Era ideal, la bebida perfecta para un día caluroso. Mientras se sentaba frente a él en la terraza con el vaso frío en la mano, Blair comentó:

—Es una pena que la menta no se dé aquí. Me encantaba la menta con lima cuando era niña.

—¿En dónde se crió usted?

—En Auckland —respondió, con indiferencia—. ¿Está aquí por negocios o por placer, señor Bannatyne?

—¿No podría llamarme Hugh? En la isla no se usa ese tono tan formal.

—Sólo entre turistas —dijo—. Los isleños tienen reglas de protocolo muy estrictas —de todas formas, decidió hacerle caso—. ¿Estás de vacaciones?

—En parte, pero también estoy aquí por asuntos de negocios.

—Creo que eres una persona muy importante en el mundo de las leyes, ¿no es así?

Hugh le dirigió una fría y dura mirada.

—¿Estáis en Fala'isi tan desesperados por tener tema de conversación que os conformáis con hablar de los huéspedes ocasionales?

—Creo que alguien te reconoció en el hotel. Fala'isi es como un pueblo pequeño, todo el mundo se interesa por los demás. Es el único defecto que impide que sea un perfecto paraíso.

Los pequeños indicios de relajación en el lenguaje corporal de Hugh eran inconfundibles. Pero Blair observó que, aunque la sonrisa de él era intensa, no suavizaba las líneas austeras de sus facciones en absoluto.

—Ningún lugar es parecido al paraíso —declaró—. Y si lo fuera, la humanidad lo arruinaría en seguida. No comprendemos el paraíso, ni siquiera la felicidad.

Blair se enfrentó a la conversación de la forma más inteligente que pudo.

Media hora después, tuvo que admitir que Hugh era un conversador brillante, con una mente rápida e incisiva que destrozaba las observaciones sin fundamento que ella estaba acostumbrada a arrojar airosamente. Él la hacía pensar, la obligaba a razonar, la estimulaba con la velocidad de sus respuestas... Hacía años que Blair no se divertía tanto.

—Está bien —dijo al fin, medio riendo—, es suficiente por hoy. No he obligado a mi mente a trabajar tanto desde que llegué a Fala'isi.

—Usala o piérdela —respondió él, poniéndose de pie con un movimiento ágil.

—No estoy desperdiciando mi vida aquí —repuso Blair a la defensiva.

—Lo dices como si estuvieras tratando de convencerte a ti misma.

—No todo el mundo comprendió las razones por las que decidí venir a Fala'isi —reconoció mientras lo acompañaba hasta la puerta.

—¿Y cuáles fueron?

Era una pregunta demasiado personal. Sin embargo, mientras abría la puerta, Blair se horrorizó al oírse decir:

—Mi matrimonio se deshizo. Decidí poner la mayor distancia posible entre mi ex-marido y yo.

—De modo que Fala'isi es un escondite, un refugio.

—Al principio —admitió—, pero ahora me encanta vivir aquí. Soy independiente, he organizado mi vida a mi gusto y puedo hacer todo lo que me apetece.

—Entonces yo tenía razón. Lo que a usted le gusta es dedicarse a vagar por la playa.

Con algo de esfuerzo, Blair logró esbozar una sonrisa perezosa y sensual, y dijo con indolencia:

—Exactamente. Gracias por traerme a casa.

Era una despedida, contundente y obvia.

—No ha sido ninguna molestia. Gracias por la bebida, Blair. Sin duda nos veremos de nuevo.

«No si yo puedo evitarlo», pensó ella.

Durante al menos diez minutos, vagó por la casa, antes de decirse a sí misma con mucha firmeza que tenía trabajo que hacer.

Pero en la puerta del estudio se detuvo. Tras un momento de vacilación, se volvió hacia el dormitorio y se puso el traje de baño de una pieza con flores de colores tropicales: rosa, verde y azul, que contrastaban vivamente con su cremosa piel. Una buena dosis de bronceador y un gran sombrero de paja y estuvo lista. Se puso unas sandalias de goma y cruzó el césped.

Como siempre, allí la playa estaba desierta, aunque en la zona del hotel estaba repleta de gente.

Después de dejar el sombrero y las sandalias a la sombra de un cocotero, Blair se metió en el agua. En condiciones normales, le encantaba nadar, pero aquel día estaba inmersa en tal torbellino de sentimientos, que no consiguió tranquilizarse.

De modo que le atraía Hugh Bannatyne. Conocía los síntomas: el lento rayo del deseo, las ocultas señales secretas que la preparaban para el abrazo de un hombre. Había sucedido antes, pero Hugh era más peligroso porque era infinitamente más inteligente que el otro hombre que había tenido este efecto en ella.

Tony Keeper, su primer amor, había dejado tal huella en la joven que había decidido no volver a ceder nunca al ardiente fuego de la pasión. Varios años después, había cedido a la insistencia de Gerald y se había casado con él, ansiando lo que él le ofrecía... confianza, ternura y amor sin reservas. «Y esa decisión, ese matrimonio, ha sido el error más grande de todos», pensó con una triste sonrisa.

Pero decía el refrán que no se tropezaba dos veces con la misma piedra y ella no iba a cometer los mismos errores. Había aprendido la lección demasiado bien. No estaba preparada para el teatro del amor y del deseo. Para tener compañía, dependería de los amigos. Tenía mucha mejor suerte con ellos que con los amantes. Sus amigos rara vez la decepcionaban.

Levantó la cara hacia el sol. Si Hugh Bannatyne

quería una aventura de vacaciones, podía buscarla en otra parte.

Hugh la estaba esperando cuando salió del agua, apoyado en la palmera bajo la que ella había dejado su ropa.

Agudamente consciente de que su traje de baño revelaba cada una de sus curvas y que las gotitas de agua que corrían por su piel ponían de relieve la sensualidad de sus brazos y piernas, Blair se apartó el pelo de la cara.

Con la cabeza en alto, Blair se tumbó en la arena caliente de coral blanco. Sabía que Hugh estaba tan afectado como ella por aquel encuentro. Para asombro y disgusto suyo, bajo el escalofrío de terror que la producía ser consciente de ello, se escondía una satisfacción perversa y socarrona. Apretando los labios, lo recorrió con la mirada de la misma forma insultante y especulativa en que Hugh la miraba.

Hugh llevaba una camisa de algodón, estampada en tonos rojizos, negros y grises, que realzaba tanto la anchura de sus hombros como la fuerza de sus brazos. La camisa era de las que hacían un grupo de mujeres de una aldea de la isla y Blair sabía que costaba una fortuna.

—Me he imaginado que eras tú cuando he visto a alguien nadando por aquí. ¿Siempre sueles adentrarte tanto? —preguntó, entregándole la toalla cuando ella se le acercó.

—Sí. Soy una buena nadadora.

—Quizás, pero, ¿y si aparece un tiburón?

—Ha habido casos de tiburones que atacan en aguas de treinta centímetros de profundidad —respondió ella secamente—. Además, nunca ha habido un ataque de tiburón en esta playa. Los isleños tienen un pacto con ellos: no se comen mutuamente. Lo más peligroso que me podría pasar es pisar un erizo y tengo mucho cuidado de no apoyar los pies hasta que llego a la arena.

—De modo que estoy exagerando.

—Pues sí, estás exagerando. A decir verdad, creo que en el hotel se darían cuenta si me ocurriera algo.

—¿El gerente y tú sois amantes?

Por un momento, Blair creyó haber oído mal. Una mirada veloz y asombrada a su rostro la convenció de que no. A juzgar por su aspecto, simplemente estaba buscando información. Respondió de forma fría y tajante.

—No es asunto tuyo, pero no, no somos amantes. Y tampoco estoy buscando un amante.

—No recuerdo haber preguntado eso —comentó él con un destello burlón en las profundidades azules de sus ojos.

Blair le dirigió una mirada fulminante, recogió las sandalias y el sombrero y pasó caminando a su lado.

—Se te ha olvidado el reloj.

Mordiéndose el labio, Blair compuso su rostro apresuradamente en una expresión imperturbable, dio la vuelta y estiró la mano imperativa. En vez de dejar el reloj en la palma Hugh ajustó la correa de cuero en torno a su muñeca. Al sentir el contacto de sus dedos el corazón empezó a latirle con violencia. Gotas de sudor perlaron su labio superior y en sus sienes.

—Gracias —dijo antes de darle la espalda.

Continuó hasta la casa sin mirar atrás ni una vez. Sólo cuando quedó oculta por los arbustos de hibisco se arriesgó a mirar. Hugh se alejaba caminando con paso seguro por la deslumbrante arena. Blair se volvió rápidamente y entró en casa sintiéndose muy tonta.

Cinco minutos después de que saliera de la ducha, sonó el teléfono.

—Hola.

—¿La señorita Blair Doyle?

—Sí.

—Señorita Doyle, soy Johnny Joseph. Nos conocimos anoche.

¿Johnny Josep...? Tras un momento de confusión, Blair recordó. Por supuesto, el director del equipo deportivo.

—Sí, lo recuerdo.

—Señorita Doyle, nos gustaría que asistiera a una parrillada esta noche en el islote que está cerca del hotel. El equipo ha decidido que debemos corresponder a la gran hospitalidad que hemos recibido en Fala'isi, y nos gustaría que viniera.

Blair no quería asistir a la parrillada, pero se encontró a sí misma diciendo débilmente:

—Me parece una buena idea. ¿A qué hora?

—A las seis, en la playa frente al hotel. Entonces nos veremos allí.

Blair decidió ponerse una blusa de seda dorada y una falda del mismo color. Se había lavado el pelo y se lo peinó hacia atrás, sujetándolo con dos peinetas decoradas con estrellas de mar doradas. Mientras se miraba al espejo, se preguntó si a los treinta años no era ya demasiado mayor para peinarse así, pero, a pesar de una cuidadosa inspección, no encontró nada que le impidiera hacerse un peinado juvenil.

Y sin embargo, no tenía el mismo aspecto que a los veinte años. Una gran diferencia, definida por la experiencia más que por los años, separaba a la muchacha que había sido entonces de la mujer que era.

La velada comenzó bien. El hotel había construido

una zona para entretenimiento privada sobre la islita en el arrecife, una amplia terraza rodeada de antorchas hawaianas y con un estanque en la parte posterior.

En el centro había un pabellón, con un bar y una pista de baile; las celosías que lo rodeaban estaban cubiertas por una planta trepadora. Separando la zona de los cocoteros y la maleza, había plantas tropicales: amarilis, palmeras y jazmín de la India con su exquisito perfume.

Cuando, después de una hora, los barcos dejaron de llevar pasajeros desde la playa del hotel, Blair se relajó. Era evidente que Hugh no iba a honrar la fiesta con su presencia. Pero estaba coqueteando divertida con un musculoso deportista cuando advirtió que estaba siendo observada.

Hugh había llegado. Tras ser recibido con la sutil deferencia dada a los ricos y poderosos, estaba conversando con un hombre al que Blair reconoció vagamente como el entrenador.

—Me puse a estudiar un poco cuando me enteré de que íbamos a venir aquí —estaba comentando el deportista, alentado por la perezosa sonrisa de Blair—. Leí unos cuantos libros. Uno me pareció muy interesante. Era la historia del lugar. Sé que muchas de estas islas del Pacífico tienen pasados sangrientos, pero, incluso para lo que era en aquellos tiempos, aquí se pasaban de la raya.

Lo último que esperaba Blair era que a su interlocutor le gustara la Historia. Para vergüenza suya, al poco tiempo descubrió que estaba hablando con un experto. Ella respondió con interés, consciente de que lo estaba utilizando como escudo. A pesar de su aplomo, y de la confianza que tenía en sí mismo, su compañero era un hombre normal y corriente y ella era capaz de controlar la situación.

Hugh Bannatyne era completamente diferente, para ella era una amenaza. Estaba interesado en ella y, sin embargo, se mantenía tras barreras tan altas, que era inaccesible. Una parte de ella le susurraba que se enfrentara al desafío, romper los muros para llegar al hombre que se escondía detrás de ellos, pero otra parte de sí, mucho más sensata, le aconsejaba conservar la escasa felicidad que en aquel tiempo había conseguido conquistar.

—Creo que la isla es muy bonita —dijo el deportista—. ¿Crees que podrías apiadarte de mí y mostrarme algunos de sus puntos de interés?

—Me temo que tengo que trabajar —respondió Blair con una sonrisa—. Lo mejor que puedes hacer es ponerte en contacto con el guía turístico del hotel. Ademas, ¿no vais a hacer un crucero?

—Sólo algunos de nosotros —contestó aceptando su discreto rechazo con aplomo.

Blair vio a dos jóvenes al otro lado del pabellón, hijas de una pareja que trabajaba en la isla. Habían ido allí de vacaciones, eran jóvenes y confiadas, y Blair decidió que eran compañeras mucho más adecuadas para el hombre con el que estaba.

En pocos minutos, los presentó y estuvo escuchando con aparente interés mientras ellos conversaban. Dos o tres miembros más del equipo se acercaron y Blair realizó más presentaciones. Un rato después, satisfecha de que todos se estuvieran divirtiendo, ella se excusó.

Hugh Bannatyne alzó la vista. Por un escalofriante momento, Blair se sintió como un blanco en la mira de un tirador. Después, él inclinó la cabeza como si ella fuera apenas una conocida. Blair correspondió al saludo con autoridad.

Ese segundo rechazo la hirió. Dios, ¿es que nunca iba a aprender? No era consciente de haber estado tejiendo esperanzas y fantasías, pero debía haberlo hecho, pues ese intencionado desdén había sido como una daga en su corazón.

Blair se aseguró de que ella y Hugh no se encontraran en ninguna ocasión. No fue difícil; había suficiente gente allí como para evitarlo. Por supuesto que la ayudó el que él también la estuviera evitando.

Tras una cena servida en dos enormes mesas colocadas en la playa, la música los llamó de nuevo al pabellón. Blair bailó con dos de los deportistas, con Sam y con un joven y descarado deportista quien, la noche anterior, le había resultado desagradable. Se llamaba Paul Swithin y era una de las estrellas del equipo. Desgraciadamente había bebido suficiente para deshacerse de algunas inhibiciones que hubieran quedado mejor guardadas.

Blair soportó que se abrazara demasiado a ella, pero cuando él subió la mano para deslizarla debajo de su blusa, se apartó y dijo con voz dura:

—Mantén las manos lejos o tus amigos tendrán que ver cómo reaccionas a una bofetada o a un rodillazo en la ingle.

—¿Quién diablos te crees que eres? —exclamó despectivamente.

—Alguien que no tiene por qué soportar tus manoseos —respondió ella cortante.

Afortunadamente, la orquesta terminó la pieza y ella se dio vuelta para alejarse. Pero Paul, riendo como si Blair hubiera dicho algo gracioso, le pasó un brazo por la cintura, la sujetó con fuerza, y no la soltó hasta que llegaron al borde de la pista de baile.

—Gracias por nada —le dijo a Blair—. La próxima vez que baile no será con una mujer de hielo.

Blair arqueó las cejas y lo miró de arriba abajo.

—Necesitas cambiar de táctica —respondió tranquilamente—, o no bailarás con nadie más. La mayoría de estas mujeres tienen maridos o padres aquí, y las que no, tienen amigos.

Se dio media vuelta y se alejó de él. La música comenzó de nuevo, pero ya no tenía ganas de bailar, ni de hacer otra cosa que no fuera irse a casa. Una mano sobre su brazo la detuvo; Blair alzó la vista con una estudiada sonrisa, directamente hacia los helados ojos azules de Hugh Bannatyne.

Capítulo 3

HUGH no dijo nada, simplemente la rodeó con sus brazos. Blair entró en su abrazo como si aquél fuera su hogar y bailaron como dos amantes en su sueño, en silencio, completamente absortos el uno en el otro.

Sus instintos no la habían engañado. Se movían lentamente, al unísono, sus pasos armonizaban a la perfección. A Blair le habían hablado a menudo sus amigas enamoradas de los mensajes que pasaban por el cerebro y llegaban directamente a las partes más sensibles del cuerpo, pero hasta ese momento ella nunca había creído de su existencia. En ese momento, sentía fuego en cada una de sus terminales nerviosas.

Sus sentidos estaban aguzados, como si se hubiera drogado.

Entre sus pestañas veía la mano de Hugh, sus dedos delgados y largos sujetando los de ella. Al respirar, Hugh expandía y contraía el pecho lo que constituía una fricción deliciosa y excitante sobre la suave piel de sus senos. Una sensual languidez se apoderó de Blair, manteniéndola a la expectativa de algo que nunca había experimentado.

Intentó liberarse de aquel extraño encantamiento. Con mucho menos lógica de la normal, su mente le dijo que aquello era sólo atracción física, la llamada de un hombre a una mujer, la batalla de los sexos reducida a su componente más primitivo: la necesidad de procrear.

Pero, aunque lo aceptara, seguía siendo dominada por aquel deseo involuntario, por unas contracciones rítmicas apenas perceptibles, en el interior de un cuerpo que reconocía algo que su mente no estaba dispuesta a admitir.

¡Qué diferente era aquel estrecho abrazo de el del joven deportista! Aquello había sido una grosera intrusión en su privacidad. Eso era...

Blair se puso rígida al darse cuenta bruscamente de lo cerca que había estado de una muda pero inconfundible capitulación. Al instante, Hugh la estrechó más contra él, manteniéndola prisionera. Blair percibió una decisión implacable y sintió pánico.

Hugh la mantuvo abrazada de esa forma hasta que terminó la música. Sólo entonces la dejó separarse de él.

—Gracias —le dijo Blair con voz clara y fría.

—Gracias a ti. Bailas como un sueño.

La sonrisa de Blair fue un modelo de educación.

—Me han enseñado bien.

—Pero nadie ha podido enseñarte a seguir a un hombre tan bien que le hagas sentir un experto bailarín —respondió Hugh, mirándola con ojos entrecerrados.

Sus cumplidos deberían haberla complacido, pero le dejaron un amargo sabor de boca. Hugh podía incluso estar diciéndolos en serio; no habría diferencia alguna. Blair le dedicó la sonrisa que utilizaba para mantener a raya a la gente. Era perezosa y provocativa, pero tenía tan poco significado como los cumplidos de Hugh.

—Pero sólo lo consigo con un magnífico bailarín —observó con dulzura.

Alguien la llamó entonces y ella se volvió con alivio apenas disimulado hacia una mujer a la que conocía un poco; en escasos segundos quedaron rodeados de personas. Al cabo de un rato, ella logró escabullirse y durante el resto de la velada se aseguró de no volver a coincidir en ningún grupo con Hugh.

Por supuesto, Hugh era consciente de sus intenciones, pero no hizo ningún esfuerzo para acercarse a ella.

La fiesta terminó a la una de la mañana... demasiado tarde; Blair se había acostumbrado a acostarse temprano. Pero ni siquiera entonces pudo irse a su casa. Sam los invitó a ella y a los MacDonald a tomar una copa con él y, como no le apetecía llegar a una casa vacía, Blair aceptó. No supo, hasta que estuvieron ya tomando la copa, que Sam había invitado a Hugh también, pero éste había rechazado la invitación.

Media hora después, disimuló un bostezo con la mano y dijo:

—Tengo que marcharme, de lo contrario no me voy a poder levantar mañana.

—Te llevaré a casa —se ofreció Sam.

—No, no es necesario. Me encanta pasear por la playa de noche.

Tony MacDonald dijo:

—Creo que nunca me acostumbraré al hecho de que aquí no haya prácticamente delincuencia. Sandy y yo todavía cerramos la casa con llave, aunque sabemos que no es necesario.

—Es una sensación maravillosa —Blair les sonrió a todos—. Voy a disfrutar paseando por la playa, compadeciendo a todas esas pobres almas que no están en Fala'isi. Buenas noches.

Sam se encogió de hombros.

—Está bien, conozco ese tono de voz. Te veré mañana.

La playa estaba desierta. Blair se quitó las sandalias y caminó por la arena, tratando de dejar su mente vacía para poder absorber la enorme paz del cielo cuajado de estrellas y del mar.

Fala'isi era un refugio; había llegado deshecha y en los últimos meses había comenzado a recuperar parte de su paz mental, a regocijarse con su nueva independencia. No iba a dejar que un hombre arruinara esa serenidad tan duramente ganada.

Iba a mitad de camino cuando se dio cuenta de que la estaban siguiendo. Un poco asustada, se dio la vuelta. En cuanto se dio cuenta de que había sido descubierto, Paul Swithin aceleró el paso.

—Vamos a ver —le dijo a Blair mientras llegaba hasta ella—, si eran tan presumida ahora como lo has sido antes.

Y antes de que ella pudiera decir algo para defenderse la arrastró hasta sus brazos y la besó, haciéndola sentir náuseas.

La alarma se convirtió en terror, pero Blair logró controlarse. No perdió tiempo ni fuerzas en una resistencia inútil. En un súbito movimiento coordinado, le mordió la lengua con fuerza y le intentó dar un rodillazo en la ingle. El sabor de su sangre fue horrible, pero todavía peor fue que se cayera en la arena después de darle un rodillazo que no había dado en el blanco.

Jadeando y maldiciendo, Paul se tiró bruscamente encima de ella. Blair alzó la mirada y vio, entre lágrimas, que alzaba un enorme puño.

—¡Mujerzuela! —masculló Paul e intentó golpearla.

Instintivamente, Blair levantó el brazo para defenderse. Con un esfuerzo convulsivo se retorció, tan violentamente que Paul no consiguió pegarle en la cara. Blair acababa de abrir la boca para gritar a todo pulmón cuando una sombra alzó a Paul por encima de ella sin esfuerzo y lo golpeó con tal fuerza que ella también creyó sentir la demoledora colisión del puño.

Blair vio a Paul volar por el aire y desplomarse como un saco en la arena.

Blair no se sorprendió cuando vio que se trataba de Hugh Bannatyne.

—¿Estás bien? —quiso saber Hugh con una agresividad explosiva.

—Sí.

Pero al ver que se tambaleaba, Hugh la estrechó contra él. Era excitante, pero arriesgado, refugiarse en él. Al cabo de un momento, Blair se apartó.

—Estoy bien —dijo con un hilo de voz, tragando saliva—. Gracias.

Cuando se volvió dispuesta a irse a su casa, Hugh dijo con firmeza:

—Siéntate, Blair.

Blair estaba temblando, pero logró reunir el control suficiente para decir:

—Estoy bien.

—Te acompañaré hasta tu casa.

—¡No! No me ha hecho nada. Vete de aquí, ¿quieres?

Maldiciendo en voz baja, Hugh la levantó en brazos y la llevó por la blanda arena.

Blair murmuró:

—Peso demasiado como para que subas los escalones de la entrada.

Pero Hugh no la bajó hasta que llegaron al porche, en donde la dejó en un sillón de mimbre.

—Dame las llaves.

—No está cerrada con llave —contestó Blair poniéndose de pie.

—Entra entonces.

—Hugh, no es...

—Blair —dijo él con énfasis sombrío—. No seas tonta. No me voy a marchar hasta que estés bien.

La joven alzó la barbilla.

—Estoy bien. Por favor márchate.

Hugh vaciló y después dijo con frialdad:

—Muy bien.

Ella ya estaba dentro antes de que Hugh hubiera llegado hasta la playa. Se dirigió hacia la ducha, desesperada por deshacerse de la humillación que se pegaba a ella como una película repugnante. Media hora después, se había bañado y cambiado y estaba acurrucada en el sofá, diciéndose a sí misma que era sólo la conmoción, que pronto se le pasaría. Pero no podía dejar de temblar.

Cuando Hugh entró, ella ni siquiera se sorprendió. Se humedeció los labios secos con la punta de la lengua y susurró:

—¿Qué quieres?

—Te he dicho que no me iría hasta que estuvieras bien. ¿Has tomado algo?

—No, tengo el estómago revuelto.

—No me sorprende —comentó él con dureza—. Pero si tomas té con azúcar te sentará bien. Métete en la cama y te lo llevaré.

Ella obedeció dócilmente; estaba sentada, apoyada

contra las almohadas, mirando la puerta con un miedo en la mirada que llevaba largo tiempo incubándose, cuando Hugh apareció con una bandeja.

«Me resulta casi familiar, como si lo conociera desde hace mucho tiempo y confiara en él», pensó Blair con una indiferencia extraña. La furia y violencia de Hugh, que la había asustado en la playa, se había desvanecido como si nunca hubiese existido.

—¿Qué le ha pasado a Paul Swithin? —preguntó ella, sorprendiéndose a sí misma.

—Lo he acompañado hasta el hotel y se lo he entregado al director.

—¿Y él...?

—Estará encerrado en su habitación toda la noche, pero sólo por si acaso, me quedaré aquí contigo. Tómate esto.

Dejó la bandeja en la mesilla de noche.

El té estaba dulce y caliente y Blair se lo bebió obedientemente, hasta que las lágrimas reprimidas empezaron a brotar.

—Blair —dijo Hugh con aspereza—. Blair, no...

—Lo siento, es una tontería...

Pero por mucho que lo intentaba no podía dejar de llorar.

Hugh se sentó en la cama, la abrazó y la estrechó con fuerza. Blair sabía que estaba jugando con fuego, que debería soltarlo, pero se aferró a él y lloró hasta quedarse dormida.

Se despertó hacia el amanecer, sintiendo que algo se había derretido en el centro de su helado corazón. Una pequeña sonrisa curvó su boca. Sabía quién estaba con ella en la cama, en la densa oscuridad. Acurrucada contra él, ella yacía con la cabeza apoyada en su hombro.

Un pájaro cantó, sus notas se esparcieron en el aire, dulces, exóticas. Según los isleños, si dos personas oían al pájaro tikau juntas, estaban destinadas a enamorarse. Era una bonita leyenda, y desde luego Blair no creía ni una sola palabra de ella, pero, por alguna razón, selló su felicidad.

Todavía sonriendo, pasó un dedo por el amplio pecho de Hugh.

Todo lo que le había sucedido en los últimos tres años había sido borrado, el trauma aliviado, por el simple hecho de dormir con él. «Debería levantarme de la cama, pero no voy a hacerlo», pensó.

—No hagas eso.

—¿Por qué no?

—Porque yo podría pensar que quieres más que sólo consuelo.

En respuesta, Blair se apoyó en un codo y le sonrió, dejando que su pelo alborotado cayera alrededor de su rostro. Hugh la miró con ojos brillantes, sin ocultar el deseo que Blair había percibido desde ese primer encuentro.

—Y tendrías razón —dijo ella, susurrando la última palabra junto a su boca.

Hugh sólo se resistió un segundo. Al acariciarle el pecho, Blair pudo sentir el latido sólido y rápido de su corazón. Entonces dibujó con la lengua la línea de sus labios.

Hugh soltó un gemido y levantó los brazos para ponerla encima de él y hacerla sentir la intensidad de su deseo, su fuerza y su pasión, tan salvaje como el deseo que palpitaba en ella.

A pesar de sus previas experiencias, la respuesta de Blair fue tan asombrosamente fresca que se sintió invadida por la timidez de una virgen. Estaba adentrándose en un terreno desconocido para sus sentidos.

Hugh suspiró cuando ella le rodeó la cadera con la mano y lo apretó contra ella. Sus bocas y cuerpos quedaron soldados por el fuego.

Cuando Hugh la penetró lo hizo con una pasión primitiva y feroz, como si quisiera dejar su huella en ella. Blair lo comprendió, porque ella también deseaba marcarlo de por vida, de modo que, si alguna vez se acostaba con otra mujer, viera sólo su rostro.

Blair creía saber lo que era hacer el amor, pero nada en su vida la había preparado para el agudo placer que la atravesó como una lanza cuando alcanzó el éxtasis.

Terminó temblando, con los ojos llenos de lágrimas, tan completamente ajena a la realidad que ni siquiera podía pensar.

Casi inmediatamente, se apoderó de Hugh aquella convulsión de placer incontrolable. Se derramó dentro de ella y después se desplomó. Quedaron abrazados, empapados de sudor.

Al cabo de un rato, Hugh se incorporó dispuesto a levantarse.

—¿Tienes que marcharte? —preguntó ella perezosamente.

—Sí.

Una palabra bastó para hacer añicos los sueños de Blair.

Lentamente, Blair estiró la sábana para taparse. Lo miró con sus enormes ojos verdes llenos de preguntas no formuladas.

—Has conseguido lo que querías. No me culpes si no he cumplido con tus expectativas.

—Oh, has hecho más que cumplir con mis expectativas —dijo con una tranquilidad que no sentía—. Tienes un gran talento natural para hacer el amor, como estoy seguro te lo han dicho tus otras conquistas de una noche. Gracias por compartirlo conmigo.

Después de decir aquellas palabras, se apoderó de ella una oleada de humillación. Pero no permitiría que Hugh la hiciera avergonzarse de su franca rendición a su sexualidad, de haberle entregado todo lo que era, todo lo que podía ser.

Hugh se marchó ese mismo día. Salían tres vuelos cada semana de Fala'isi, dos que despegaban a la intempestiva hora de las cuatro y media de la mañana y el tercero a la mucho más civilizada hora de las diez. Hugh se marchó en este último.

Blair supo de su partida por el director y el entrenador del equipo, cuando llegaron a su casa justo antes del almuerzo, prodigando disculpas. Era irónico que Paul Swithin se hubiera marchado en el mismo vuelo. Se había decidido su partida inmediatamente, después de que Hugh les hubiera contado a los directivos lo sucedido.

—No debería beber alcohol —dijo Blair con voz tranquila—. Parecía estar bien cuando bailamos juntos: algo torpe, pero bajo control. Había bebido mucho más cuando me atacó.

Los dos hombres intercambiaron una mirada.

—No es la primera vez que hemos tenido ese tipo de problemas con él —admitió el entrenador, incómodo—. Y, sí, la última vez después de que hubiera estado bebiendo. Prometió que nunca volvería a suceder, pero es evidente que no ha cumplido su promesa. No puedo decirle cuánto lo lamentamos, señorita Doyle. Espero que no esté demasiado trastornada por el... lo que sucedió. Si hay algo que podamos hacer... quizá un doctor...

—No. Estoy perfectamente bien.

Pero ellos todavía parecían incómodos y, al final Blair se dio cuenta de que temían que llamara a la prensa. Cuando consiguió convencerles de que lo último que tenía intención de hacer era contarle a nadie el sórdido episodio, había llegado la hora de almorzar y la única ambición que le quedaba era arrastrarse hasta la cama y mantenerse incomunicada durante varios días. Meses. Incluso años.

Sin embargo, como querían hacer algo por ella, la invitaron a almorzar.

A pesar de los esfuerzos de todos, fue una comida tensa.

Cuando terminó el café, Blair se sintió libre de partir. Sin embargo, no iba a poder escapar con tanta facilidad. A mitad del vestíbulo la llamaron Sandy MacDonald y una de sus amigas.

—Ven a tomar una copa —dijo Sandy con entusiasmo—. ¡Estamos a punto de sentarnos a chismorrear sobre anoche!

—Lo siento —respondió—, pero tengo un dolor de cabeza espantoso.

—Sí, tienes mal aspecto —Sandy le devolvió una sonrisa pícara—. ¿Exhausta, quizás? Tengo entendido que tú y Bannatyne os fuisteis juntos. ¿Te estaba esperando cuando te despediste de nosotros anoche? Qué suerte. ¡Ojalá tuviera veinte años menos para hacerte la competencia!

—Sí, fue muy amable. Os veré después.

Y las dejó.

¿Por qué se sentía como si le hubieran arrancado el

corazón? No estaba enamorada de Hugh, no podía estarlo si no creía en el amor, pensó desesperada.

Lo que ellos habían compartido no era más que sexo. El amor no tenía nada que ver con ello. Era una atracción física abrumadora, una cuestión de hormonas, desprovista de sentimientos. Hugh incluso la había ayudado; en cierta forma debía sentir cierto agradecimiento tanto hacia él como hacia Paul Swithin.

Si Hugh no se hubiera quedado con ella para consolarla por lo ocurrido, no se habría despertado a la mañana siguiente con ganas de hacer el amor...

Había pasado tres años convencida de que nunca se volvería a sentir suficientemente segura con ningún hombre como para bajar la guardia. El psicólogo le había dicho que probablemente llegaría, que necesitaba relajarse, que el tiempo haría el milagro. Pero Gerald no había esperado.

Blair sentía nacer en ella una nueva sensualidad y eso se debía casi exclusivamente a Hugh Bannatyne, que hacía el amor como si hubiera nacido para ello.

Sí, ella debería estarle agradecida.

Estaba preocupada porque no había utilizado ningún tipo de protección, de modo que ella podría estar embarazada. Además, ceder a aventuras de una sola noche podía ser sumamente peligroso.

Pero, por alguna razón, sabía que no debía preocuparse por eso. Hugh no parecía haber hecho el amor desde hacía mucho tiempo.

Cuando llegó a su casa, Blair no fue capaz de concentrarse en nada, ni siquiera en los paisajes para turistas.

—No voy a dejar que ningún hombre me distraiga de mi trabajo —se dijo desafiante.

Entonces se dio cuenta de que estaban allí los tres

óleos que Hugh había comprado. ¿Qué pasaría con ellos? ¿Cancelaría Hugh el cheque?

Blair se volvió hacia el de las áridas colinas de El Amir. Se mordió el labio inferior al mirarlo. De alguna manera, había perdido fuerza después de lo ocurrido.

Intentando no dejarse arrastrar por la tristeza, tomó la fotografía que tenía que reproducir. Estuvo pintando durante el resto del día y gran parte de la noche, y a lo largo de la siguiente semana, se perdió en un extraño fervor creativo.

Todo lo que pintaba era un tributo a los mares del sur, a la exuberancia y belleza del lugar, a su peligro. Los europeos creyeron haber encontrado el paraíso en aquellas cálidas aguas y hermosas islas, pero como ella, habían aprendido que, a pesar de toda su belleza, el paraíso podía ser un lugar perdido y solitario, en el que el peligro tenía la misma fuerza que la belleza.

Uno de aquellos días dejó el pincel después de llevar horas pintando y contempló su obra. La laguna resplandecía en el lienzo.

«Es mejor que cualquier otra cosa que haya hecho», pensó. Mejor que lo que había pintado en El Amir, mejor que los lienzos que había producido en Nueva Zelanda tratando de transmitir lo que amaba y necesitaba de su país.

El sonido del teléfono la sobresaltó. Con algo peligrosamente parecido a la esperanza, contestó. Durante un instante la esperanza creció desmesuradamente, al darse cuenta de que era una conferencia, pero murió en cuanto oyó la voz de Tegan Sinclair.

—Hola —dijo—. ¿Desde cuándo has dejado de escribir cartas? ¿Qué ha pasado?

—Blair, tengo una noticia maravillosa y tú eres la cuarta persona en saberlo, después de Kieran y mis padres. ¡Estoy embarazada!

La envidia la corroyó. Blair sabía para entonces que no estaba esperando ningún hijo de Hugh Bannatyne. Desde luego se alegraba, pero una parte de ella se obstinaba en lamentarse.

—¡Es maravilloso! ¿Cómo estás? —se obligó a decir.

—Radiante, querida. ¡Oh, Blair, soy tan feliz! ¡Y Kieran está loco de alegría!

—Estoy segura. ¿Voy a ser la madrina, o hay una mejor candidata?

—No podría haber una candidata mejor —dijo Tegan con firmeza—. De modo que estás invitada. ¿Estás bien? Te noto rara.

Siempre había sido imposible mentir a Tegan.

—No, no me pasa nada —se apresuró a asegurarle Blair—. Lo que pasa es que acabo de terminar la que creo es la mejor obra que he realizado jamás y estoy cansada.

—Supongo que tenía la esperanza de que esto fuera sólo una fase pasajera —dijo Tegan—, y de que al final volverías a casa y comprarías tu parte del negocio. Pero no tienes intención de hacerlo, ¿verdad?

—No. Oh, lo he pensado; a decir verdad, cuando llegué aquí pensaba que quizá me estaba engañando a mí misma, huyendo de todo, pero... Tegan, esto me gusta. Con el tiempo, volveré a casa, pero nunca volveré a formar parte de Decoradores Inc.

—Entonces no hay nada más que decir. Me alegro de que te estén saliendo bien las cosas, pero estaba segura de que sería así... ¡Tienes tanta fuerza de voluntad!

—La fuerza de voluntad es una cosa, el talento, otra.

—¡Tontuela, todos sabíamos que tenías talento! Esa serie que hiciste de El Amir me daba escalofríos y sabes que Kieran quería comprarlos. Decía que le parecían tremendamente desagradables, pero una muy buena inversión.

Blair rió.

—Oh, y Kieran es un negociante hasta el final, ¿sabe si soy o no una artista?

—Kieran lo sabe todo —declaró—. Y no porque yo se lo diga.

—Desde luego que no. ¿Qué vas a hacer con el negocio ahora?

—Mantenerlo funcionando. Me volvería loca quedándome en casa, pero tendré que bajar bastante el ritmo de trabajo. Aparte de todo lo demás. Kieran se ha vuelto muy protector. Le preguntaré a Andrea si quiere trabajar conmigo.

—¿Andrea? No te referirás a la hermana de Kieran, ¿o sí?

—Sí, sé que piensas que es muy inestable, pero está muy bien desde que... bueno, incluso antes de que ella y Rick se casaran; y en realidad es muy buena, Blair. No me ha preguntado directamente si puede trabajar para mí, pero ha estado haciendo cursos universitarios interesantes y útiles, de modo que creo que es un buen momento. Después de todo, no se atreverá a molestar a la futura madre de su sobrino o sobrina, ¿verdad?

—Admito que tiene talento. Buena suerte. ¡Y cuida bien a mi ahijado!

Charlaron durante un rato más. Cuando Blair colgó el auricular, estaba tan deprimida que tuvo que contener las lágrimas. Era estúpido compadecerse. Tegan era muy feliz con su marido y la noticia de su embarazo hacía feliz a Blair; su tristeza se debía probablemente a que le había recordado la noticia de ese otro bebé, el de su ex-marido, el hijo que él siempre había dicho no desear, no necesitar.

Sin embargo, eso no explicaba que durante las semanas siguientes soñara con Hugh Bannatyne cada noche y despertara cada mañana con lágrimas en el corazón.

Quizá sólo fuera que necesitaba una pareja:

Si era eso, entonces ibá a tener que aprender a vivir sola. Aparte de Hugh, sólo había hecho el amor en su vida con los dos hombres a los que había amado. Era extraño e irónico que Hugh, al que no amaba, hubiera sido el único capaz de llegar a la primitiva fuente de su pasión.

Intentando robar fuerza a los recuerdos de Hugh que la perseguían, lo pintó como lo recordaba, arqueado encima de ella, con la cabeza echada hacia atrás en un éxtasis agonizante.

Pero el exorcismo no funcionó. Era otro cuadro que nunca podría vender, uno más para su archivo privado. Debería destruirlo, pero no lo haría.

Un par de días después, le llegó el saldo del banco, agradablemente abultado por la suma de su cheque. Se preguntó si debería pedirle a Sam la dirección de Hugh para enviarle los lienzos. Sería muy embarazoso. ¿Cómo podría explicarle que se había marchado sin despedirse de ella? Y, además, era probable que Sam no se la diera. Seguramente iría en contra de la política del hotel.

Los lienzos permanecieron en el estudio, escondidos.

Completamente harta de su propia compañía, Blair aceptó invitaciones a fiestas a las que no deseaba ir y se pasó varias veladas castigándose a sí misma por no disfrutarlas. Después de eso no aceptó más invitaciones, hasta que llegó una de Tamsyn Champan, recién llegada de Inglaterra una semana antes. Su marido y ella ofrecían una fiesta para un grupo de hombres de negocios japoneses.

Blair aceptó. No le convenía tener problemas con un hombre que podía enviarla de vuelta a Nueva Zelanda.

Asa la fue a ver a su casa una noche, pidiendo más pinturas para su tienda. Blair se pasó una semana trabajando en ellas y después se lanzó a hacer varios lienzos grandes. Se dirigió hacia las empinadas y salvajes montañas del interior: exploraba lugares que, en condiciones normales, nunca se hubiera atrevido a visitar. Estaba trabajando más duramente de lo que había trabajado en su vida, y quedó moderadamente complacida con los resultados.

Dos meses después de la partida de Hugh, y dos días antes de la fiesta de los Champan, estaba sentada en la terraza, en medio de un caluroso anochecer tropical, cuando al fin admitió que no iba a poder olvidarlo.

Lo echaba profundamente de menos.

Pero no estaba enamorada de él. ¿Cómo podía estar enamorada de un hombre al que no conocía? Hugh era tan indiferente, tenía tanto dominio sobre sus sentimientos, era tan autosuficiente, que ella no sabía nada del verdadero hombre que se escondía detrás de aquella fría máscara.

Sólo al hacer el amor había desaparecido ese control como si nunca hubiera existido.

La tensión la impulsó a ponerse de pie y empezar a pasear por el césped. El resplandor escarlata del cielo se iba desvaneciendo y, hasta ese momento, sólo una estrella brillante brillaba en el cielo. Blair contempló la playa buscando algo que se negaba a aceptar, el corazón le dolía de soledad.

Antes sus ojos incrédulos, Hugh se materializó.

Blair no podía arrancar su mirada de él. Una confusa variedad de sensaciones le atenazó la garganta.

—¿Qué haces aquí? —preguntó con aspereza cuando Hugh se detuvo al pie de los escalones de su casa.

—¿Estás embarazada?

—No, no lo estoy, y una carta hubiera bastado, gracias.

—No lo creo —repuso él con voz fría, mientras subía por los escalones.

Blair nunca había entendido a las mujeres que se desmayaban, lloraban o se ponían histéricas, pero en ese momento comprendió sus razones para reaccionar así. El rápido chispazo de ira fue reemplazado por una profunda y aterradora alegría al verlo; el desprecio fue seguido por el miedo a no ser capaz de resistir las prohibidas tentaciones que representaba. Así que el desmayo le parecía una forma muy práctica de lidiar con la situación.

—Bueno, ahora ya lo sabes —dijo bruscamente—. De modo que puedes marcharte.

—Qué orgullosa —comentó él divertido—. He venido hasta aquí...

—Ya te he dicho que una carta hubiera bastado. Te aseguro que estoy perfectamente.

—Qué bien. En ese caso, ¿puedo convencerte de que me invites a tomar algo?

—No.

—No pretendo llevarte a la cama —dijo él.

Irracionalmente decepcionada, ella respondió:

—Mejor, porque no ibas a conseguirlo. Créeme, normalmente no me dejo persuadir con tanta facilidad como la última vez.

—No recuerdo haber tenido que persuadirte en absoluto —respondió burlón—. Todavía no he podido olvidar lo explícita que fuiste mostrándome tu deseo. ¿Es que estabas tan asustada por el ataque de ese desgraciado que necesitabas que te tranquilizaran?

—¡No!

—Entonces, ¿por qué me sedujiste?

—Creo que no deberíamos estar sosteniendo esta conversación.

—¿Por qué?

—Porque... oh, porque sólo quiero olvidar todo lo que pasó.

—¿Puedes? Yo no.

Blair tenía la boca tan seca, que tuvo que humedecérsela antes de poder preguntar:

—¿Por qué has vuelto?

—Supongo que me sentía obligado —dijo al fin—. Si estabas embarazada, tendría que ayudarte. Una carta me pareció... descortés.

Las nacientes estrellas daban luz suficiente para iluminar sus facciones fuertes y angulosas. Blair le dio la espalda. ¿Descortés? Era una fría palabra, pero al menos él parecía dispuesto a responsabilizarse de sus actos.

—Y porque hay algo inconcluso —continuó Hugh.

—No seas ridículo. Lo que hubo entre nosotros fue una aventura de una sola noche. Fue agradable, pero eso es todo. La esencia misma de las aventuras de una noche es que no se espera nada de ellas, no hay compromisos...

—Blair —la interrumpió él—. Estás diciendo tonterías. Si sólo fue una aventura de una noche, ¿por qué estás tan enfadada conmigo, y por qué estoy aquí?

—Acabas de admitir que te sentirías responsable si estuviera embarazada —replicó ella bruscamente.

—Bueno, al menos admites que soy una persona responsable. Supongo que debo sentirme agradecido por eso.

—No necesito tu gratitud por nada.

—¿Por qué?

Blair permaneció en silencio.

—Eres una mujer capaz y acostumbrada, me imagino, a lidiar razonablemente con los hombres. Pero no estás siendo razonable ahora. ¿De qué tienes miedo?

—¡No tengo miedo! Pero tampoco quiero que estés aquí.

—Muy bien.

Antes de que Blair pudiera reaccionar, Hugh la agarró por los hombros. Blair contempló su rostro implacable, iluminado por la luz de la luna.

—No —dijo en un susurro.

—Sí, bellísima mentirosa.

El beso fue tierno en un principio, lo suficientemente tierno como para que Blair se preguntara si Hugh estaría tratando de demostrar algo, pero casi al instante, la pasión los hizo abrazarse como si quisieran entregarse todo lo que tenían.

—Dios —murmuró Hugh—. No quería que esto pasara...

Blair lo abrazó con fuerza y él se echó a reír.

—Blair —susurró, haciendo de su nombre una caricia—, ¿significa esto que quieres otra aventura de una noche? Porque, si eso es lo que quieres, no puedo negarme. Pero será mejor que sepas desde ahora que será seguida por otra y otra y otra hasta que te haya enseñado a utilizar otra palabra para describir nuestra relación. ¿Es eso lo que quieres?

Durante un increíble instante, Blair creyó estar siendo absorbida por aquellos ojos, ahogada en su ardiente sensualidad.

Con un hilo de voz, preguntó:

—¿Qué me haces?

—No lo sé, pero tú me haces perder el control de tal forma que ni siquiera pienso en las consecuencias —respondió Hugh con ira.

Blair tuvo que hacer un inmenso esfuerzo de voluntad para desviar la mirada. Le dolió dejar de abrazar a Hugh.

—Ojalá no hubieras vuelto.

—¿Me habrías olvidado?

—Sí —mintió, pero su tono la delató por completo.

—Con la misma facilidad con la que yo te hubiera olvidado a ti —dijo.

La respuesta de Hugh encendió una chispa de determinación en la joven. Él había dicho que no había vuelto para continuar en donde se había quedado, pero ese beso había demostrado que mentía. Sin duda, pensaba tener una complaciente compañera de cama para las próximas noches, y después la dejaría otra vez.

—Eso no significa nada. No quiero volver a verte.

—Creo que eres muy sabia —respondió Hugh.

Había tanto desdén en sus palabras, que la joven retrocedió.

—Adiós, Blair.

Y, retirándose en silencio, dejándola como había llegado a ella, Hugh volvió a la oscuridad.

Capítulo 4

MÁS tarde, mientras se cepillaba el pelo, Blair contempló la laguna y trató de persuadirse a sí misma de que era un alivio que Hugh no hubiera intentado llevarla a la cama.

Hugh la ponía en tal estado que se olvidaba de razonar.

Ella había oído hablar de las *femmes fatales*. Temía que ella deseara un *homme fatale*.

Tiritando de nervios, pero convencida de que había sido mejor rechazarlo, dejó el cepillo y se acostó. Pasó la noche en vela.

¿Por qué habría vuelto Hugh? A la luz de ese beso, cabía sólo una respuesta. Quería una aventura. Blair se estremeció. Oh, Dios, era demasiado fácil aceptar, pero temía el vacío que seguiría a aquellos días. No era una mujer a la que le gustara el sexo por sí mismo. Necesitaba saber que amaba y era amada: por eso le había asqueado tanto su experiencia en El Amir.

Y, sin embargo, no había sido violada en El Amir. El jeque que la había raptado había actuado según los principios de su cultura. Desde luego no había prestado atención a sus protestas, y se había ocupado de que ella se preparara para el honor que le concedía, enviándole a dos tutoras... una mujer mayor y una más joven, que hablaban algo de inglés. Ellas le habían dado un curso intensivo de sensualidad.

Le habían enseñado cómo excitar y satisfacer a un hombre.

La indignación y el miedo habían hecho que Blair se negara a colaborar, pero con buen humor y pragmatismo sus maestras la habían hecho rendirse. Blair había escuchado y practicado los ejercicios que le indicaban y había ocultado su furioso resentimiento y temor detrás de una expresión de vacío.

Todavía practicaba aquellos ejercicios; el psicólogo de Nueva Zelanda le había dicho que eran excelentes para todo su cuerpo.

Afortunadamente antes de que se viera obligada a utilizar todos estos conocimientos como miembro del harén, Kieran Sinclair había ido a rescatarla.

«Fue como en los cuentos de hadas», pensó Blair, con una sonrisa dulce. Pero él no era su príncipe, era el de Tegan.

La experiencia le había dejado cicatrices, algunas tan profundas que estaba convencida de que nunca se libraría de ellas. Incluso después del tiempo pasado no podía soportar estar en una habitación sin ventanas.

Y el temor, la ira y la amargura de ser tratada como si sus deseos no le importaran a nadie, habían sido imposibles de borrar. Su sexualidad había sido sepultada por aquella experiencia; cuando había vuelto a Nueva Zelanda, se quedaba helada cada vez que Gerald se acercaba a ella.

Durante algún tiempo, había culpado a su encarcelamiento del fracaso de su matrimonio, pero no era tan sencillo. Ya había algo que no funcionaba; de otro modo, Gerald hubiera esperado a que ella recuperara la confianza. En vez de eso, se había enamorado locamente de una joven recién salida del colegio de segunda enseñanza.

Blair se movió bruscamente. Aquello pertenecía al pasado; ella ya no estaba casada con Gerald, ni enamorada de él. Su resentimiento se había disipado. Incluso podía desearle felicidad. Quizá eso era porque ya sabía que Gerald había sido incapaz de excitarla. Hugh la había ayudado a destapar el manantial obstruido de su pasión; la había enseñado placeres cuya existencia hasta entonces Blair desconocía.

Negándose a admitir que temía encontrarse con él, Blair pasó el siguiente día en casa, luchando contra la intranquilidad y una extraña sensación de vacío.

Media hora antes de que llegara Sam para llevarla a la fiesta de los Chapman, todavía se estaba preguntando qué se debería poner una para asistir a una recepción en casa de una especie de príncipe tropical.

Al fin escogió un conjunto de color blanco compuesto por una chaqueta, una blusa y unos pantalones largos que resaltaban sus largas piernas. Después se puso unos pendientes que eran como una cascada al atardecer y un cinturón dorado. Completó el atuendo con unas sandalias blancas.

Se sujetó el pelo con una cinta bordada con hilo de oro.

No era normal que estuviera tan nerviosa. Los Chapman habían sido amables con ella y disfrutaba de su compañía. Entonces, ¿a qué se debía aquel vacío en el estómago, aquella sensación de que iba a ocurrir algo terrible y que no había forma de evitarlo?

Sam, por el contrario, no tenía malos presentimientos.

—No sé cómo lo haces —dijo, mirándola con abierta admiración—, pero consigues que la mayoría de las demás mujeres parezcan demasiado cuidadosamente arregladas.

—¿Voy muy desaliñada?

—¡No!

—Siempre meto la pata. No, simplemente tienes un aspecto de tranquilidad que no tiene nada que ver con tu arreglo. Muchas mujeres están radiantes, pero se nota el trabajo que les ha costado llegar a conseguirlo. En ti parece natural.

—Qué piropos tan bonitos, Sam. Gracias. ¿Cómo están pasando las vacaciones tus hijos?

—De maravilla.

Los hijos de Sam siempre eran un tema de conversación con él. Los echaba de menos de forma insoportable durante la época escolar, cuando estaban con su madre en Australia. Mientras conducían por la perfumada noche tropical, él le contó sus últimas aventuras con orgullo y amor. Blair le envidiaba.

Los Chapman los recibieron con sonrisas. Grant Chapman no perdía en ningún momento su aplomo, pero su esposa, sin embargo, parecía algo aturdida. Eso no impidió que fuera tan encantadora como de costumbre, pero Blair advertía cierta ambigüedad en su actitud...

Lo cual era ridículo; el hecho de que fueran amigos de Hugh no podía hacer cambiar su actitud hacia ella.

Los Chapman vivían en una casa antigua, de construcción irregular y techos bajos, en medio de hermosos jardines.

Aquella noche, la fiesta se celebraba en una hermosa terraza con vista a la playa.

Sam y ella llevaban por allí unos cinco minutos cuando la joven vio a Hugh. Blair se llevó la mano al corazón, como si le hubiera parado de golpe. Había pasado los dos últimos meses echándolo de menos, y aquel día preguntándose si habría sido una cobarde al rechazar su encendida pasión, pero era evidente que él no había desperdiciado el tiempo con ella.

Le sonreía en ese momento a una mujer y ella, una joven bonita y vivaz, de suaves rizos negros, le devolvía una sonrisa seductora. Blair la reconoció al instante. Su foto aparecía con frecuencia en revistas australianas. Era Fiona Trickett, una joven de la alta sociedad que pasaba las vacaciones con su madrastra, y en la semana que llevaba allí había arrasado con los corazones de todos los solteros de la isla.

Una furia salvaje estalló en el interior de Blair. Desvió la mirada y su resolución de no tener nada más que ver con Hugh se endureció. Con ella, Hugh guardaba estrictamente las distancias, pero parecía muy relajado al lado de Fiona Trickett. ¿Porque era rica? Si ésa era la razón, entonces él no era más que un presuntuoso.

Pero era más fácil pensar que era un presuntuoso a admitir que podía estar enamorado de Fiona. Blair se volvió hacia la playa tratando de calmar el furioso torrente de sus emociones.

Los pescadores trabajaban en la bahía, formando una red de luces sobre las oscuras aguas. Encantada, Blair quedó absorta por là escena.

Pero su mente se empeñaba en volver a Hugh Bannatyne y a su traición. ¿Por qué había reaccionado en forma tan violenta ante aquel intercambio de sonrisas?

Blair estaba tan absorta en sus pensamientos que no oyó las voces hasta que estuvieron demasiado cerca para que pudiera marcharse sin ser vista. Reconoció una de las voces... la de Hugh. Pero la otra le resultaba desconocida, era la voz de una jovencita.

— ...de modo, que he decidido preguntarte antes. ¿Crees que a Gina le gustaría?

—Sí, creo que es muy probable.

La joven parecía preocupada.

—Es difícil encontrar un regalo para ella. Desde luego, es un desafío comprarle regalos.

—Es cierto, pero tú pareces tener talento para escoger el regalo perfecto. A Gina siempre le gustan las cosas que le regalas —repuso Hugh.

—Bueno, por lo menos lo intento.

¿Quién sería Gina? Por lo visto, sólo una conocida. Blair se enfadó consigo misma por estar escuchando y todavía más porque por un momento había sentido celos.

Blair ya había descubierto con quién estaba Hugh: la hija mayor de los Chapman. Louise, una chica provocativamente atractiva de trece años de edad.

—¿Piensas quedarte mucho tiempo? —preguntó Louise, intentando parecer mayor. En su voz se reflejaba toda la tímida adoración del primer amor.

—No, esta vez no. Pero te veremos pronto, cuando vuelvas a la escuela. Te quedarás con nosotros los fines de semana. Sabes que a la señora Hastie le encanta cocinar para ti.

—Sí, por supuesto que iré, aunque también tengo que ver a mis abuelos —la voz de Louise cambió para revelar a la niña que intentaba esconderse tras una fachada de adulta—. La señora Hastie es la mejor cocinera del mundo. ¡Me encantan sus tortitas de arándanos!

—Bien, pues eso está decidido. Vamos a casa y, si crees que tu reputación podrá soportar que te vean bailar con alguien tan viejo como yo, bailaremos esta pieza.

—Oh, tío Hugh, tú no eres viejo.

—Casi tan viejo como tu padre.

Cinco minutos después, cuando volvió a entrar, Blair los vio bailando. La resplandeciente carita de Louise revelaba que estaba en el séptimo cielo.

Sam se acercó a Blair y le rodeó los hombros con el brazo. Ella le sonrió y después desvió la mirada. Se encontró con la de Hugh. Su tranquilo escrutinio casi la hizo gritar de dolor. Apretó los labios, bajó la mirada y le dio la espalda.

—¿En dónde estabas? —le preguntó Sam, llevándola hacia un grupo de gente.

—Mirando a los pescadores. Quiero pintarlos.

Gran Chapman alzó la vista.

—Si lo haces —dijo—, me gustaría verlo.

—Sí, desde luego.

Los Chapman daban buenas fiestas. El ambiente era soberbio. Los hombres de negocios japoneses también parecían estar disfrutando; Blair sostuvo una fascinante discusión con uno de ellos sobre biombos de seda pintados y escuchó a otro contarle las bases del jardín japonés.

Resueltamente, puso su granito de arena para hacer de la ocasión un éxito. Sonrió, charló, coqueteó, conversó con un par de mujeres y se aseguró en todo momento de que Sam no se encontrara muy lejos.

Aunque muchos podían pensar por su actitud que eran algo más que amigos, aquella noche la atención estaba enfocada hacia un coqueteo en particular, y el interés de los espectadores era más censurador que amistoso. Ambos participantes estaban casados, pero no el uno con el otro, y no estaban siendo en absoluto discretos.

—Están jugando con fuego —dijo Sandy MacDonald

sin rodeos—. Estúpidos. A Douglas Gardner no le va a gustar cuando se entere, y se enterará... alguien le contará que Marya le ha estado dirigiendo a Neil Brown mucho más que unas cuantas miradas.

—Es sólo un coqueteo —repuso Lina—. Mira a Pauline; no parece molestarle.

—Pauline está absolutamente furiosa —repuso Sandy sombría—, pero es demasiado inteligente como para hacer un escándalo. ¿Montarías tú una escena aquí, Lina, por mucha que fuera la provocación?

—Bueno, no, supongo que no —admitió Lina—. Los Chapman nunca te volverían a invitar.

Las tres mujeres contemplaron cómo Neil se inclinaba para susurrarle algo al oído a Marya. Terminó mordisqueándole suavemente la oreja.

—¿A qué diablos cree Neil que está jugando? —exclamó Lina.

—Algunos hombres —repuso Blair, con desdén—, no pueden evitarlo. Piensan con las hormonas. Se siente halagado y, cuando Marya mueve las pestañas, es incapaz de ver más allí.

—Vamos, no es sólo culpa suya —señaló Lina—. ¿Y Marya? Quiero decir que no se lo está poniendo muy difícil, ¿o sí? Debería serle fiel a su marido.

Sandy se encogió de hombros.

—Un par de semanas atrás Marya me contó, en el más estricto secreto, un chisme muy jugoso que le habían contado... también en el más estricto secreto.

Lina pareció incómoda. Para evitar un momento embarazoso, Blair dijo con tranquilidad:

—No le es fiel a sus amigos, así que, ¿por qué habría de serle fiel a su esposo? La fidelidad no es únicamente sexual.

Sandy le dirigió una mirada astuta, una mirada que

cambió cuando miró por encima del hombro de Blair.

—Oh, hola, señor Bannatyne —dijo alegremente—. Estábamos hablando de la fidelidad. Blair está totalmente a favor de ella. ¿Qué piensa usted?

—Al igual que Blair, estoy por completo a favor. Al menos hasta que el objeto de la fidelidad resulte no ser merecedor de ella. Entonces ésta resulta autodestructiva y contraproducente.

—Creo que ésa podría ser la última palabra sobre la fidelidad —repuso Sandy—. ¿Es que no puede mantenerse lejos de Fala'isi, señor Bannatyne? No hace tanto que estuvo aquí la última vez.

—Me llamo Hugh —respondió el relajadamente—. Y me gusta la isla. Vengo tan a menudo como puedo.

Diez minutos después, Blair tuvo que admitir que contemplarlo así era una revelación. Se mostró tan encantador que a los pocos minutos tuvo a las dos mujeres comiendo de la palma de su mano.

Ni con una palabra, ni una mirada, ni un gesto, reveló que Blair y él eran algo más que conocidos. En cuando pudo, Blair inventó una excusa y se reunió con Sam. Procuró no mirar hacia Hugh durante el resto de la velada.

Mucho después, cuando se marchaban, mientras Sam la ayudaba a entrar en el coche con un gesto ceremonioso, Blair se sintió observada. Lentamente volvió la cabeza unos milímetros y vio a Hugh mirándola desde las sombras del porche.

Sam condujo hasta su casa y, como sabía que no se iba a aprovechar de la situación, Blair lo invitó a tomar un café. En el camino él le había hablado de sus hijos, de su miedo a que se estuvieran alejando de él.

Preocupada por los problemas de su amigo, Blair lo dejó desahogarse.

Después de la tercera taza, Sam suspiró.

—¿Por qué no me dices que me lleve mis problemas a casa y lidie con ellos yo solo?

—Estás lidiando con ellos.

—¿Cómo? ¿Contándote mis penas?

—No solo me las estás contando, las estás analizando. ¿Por qué los hombres creéis que tenéis que arreglarlo todo vosotros solos? No es una debilidad necesitar hablar de tus problemas con otra persona.

—Supongo que no estamos acostumbrados. Sabes, a los hombres se nos educa diciéndonos que debemos ser los fuertes. Nuestros padres nos enseñan que las mujeres debían ser protegidas y resguardadas de las crudas realidades de la vida. Nos hacen un mal favor. Mi hija es más fuerte que yo y sólo tiene ocho años.

Blair rió.

—Los hombres verdaderamente fuertes pueden admitir ser vulnerables.

—Pero ser vulnerable puede ser muy perjudicial en un divorcio —repuso con amargura—. Narelle me quitó todo lo que pudo, y sabía muy bien que le permitiría salirse con la suya porque los niños son mi debilidad y ella tiene su custodia. Incluso le concedí la custodia; un hotel no es lugar para educar a unos niños. Es preferible ser duro, Blair, de lo contrario te pisotean.

—¿La ley de la selva? —se burló Blair.

—Sí —Sam se puso de pie—. Así es la vida. Demuestra que puedes ser fastidiado y serás fastidiado.

—Y sin embargo, tú eres uno de los hombres más

buenos que conozco. De modo que tu aparente cinismo no tiene ni pies ni cabeza.

Sam se encogió de hombros.

—Cualquier cosa que haya hecho por ti ha sido un buen negocio —dijo con fingida indiferencia—. Tus pinturas se venden y tu presencia siempre es bienvenida. ¡A los hombres les gustan las mujeres hermosas!

Ya en la entrada, Sam se inclinó y la besó suavemente en los labios.

—Gracias —dijo y fue hasta su coche.

Blair esperó a que el rojo resplandor de las luces traseras desaparecieran para volverse hacia la casa. Estaba agotada, pero sabía que le iba a resultar muy difícil conciliar el sueño.

¡Maldito Hugh Bannatyne! A veces se despertaba respirando su aroma y con la sensación de su piel en los dedos.

Y sin embargo, era más que deseo lo que sentía por él. ¿Por qué lo echaba tanto de menos? ¿Sería amor lo que sentía?

Mientras yacía en su cama, arrullada por el ruido de las olas en el arrecife, Blair trató de comprender lo que sentía por él. No, no podía ser amor. El amor estaba basado en intereses mutuos en compartir. Hugh y ella no tenían nada en común. Él era demasiado reservado para ser comprendido y, aunque la deseaba, preferiría no hacerlo. Su independencia y su libertad eran demasiado importantes para él.

Algo increíblemente traumático debía haberle sucedido en el pasado, si la única forma que tenía de sobrevivir a los sentimientos era negarlos.

Debajo de su arrogante frialdad ardía un calor que llamaba a Blair, algo feroz y primitivo. Se había sentido atraída por él desde el principio, como una mariposa nocturna era atraída hacia su destrucción por una llama.

Blair se quedó al fin dormida, pero se despertó a la mañana siguiente con jaqueca. Después de desayunar una rodaja de piña fría con dos tazas de café, fue a su estudio, pero no podía concentrarse. Media hora después, renunció y se puso un biquini. Quizá un buen baño la ayudaría a despejarse.

Como de costumbre, la playa estaba desierta. Blair se sumergió en aquel agua suave y acariciante como la seda.

No estuvo en el agua más de veinte minutos. Se había levantado tarde y el sol estaba demasiado alto. Sintiéndose extrañamente pesada, nadó hasta la orilla y se puso de pie.

La distancia hasta su casa le parecía enorme. Suspirando, caminó sobre la arena, subió los escalones del porche y rodeó la casa para llegar a la piscina que brillaba con un imposible color azul. En una silla, al lado de la piscina, había dejado la ropa.

Se dirigía hacia ella cuando Hugh rodeó la esquina de la casa. Blair lo miró, incrédula. Él se detuvo justo al lado de la silla en la que estaba la ropa y la toalla de ella. Aparentaba una furia sombría.

Apretando los labios, Blair se obligó a caminar hacia él.

—¿Qué quieres? —dijo con tanta serenidad como pudo.

Hugh la observó mientras ella se echaba la toalla por los hombros con un gesto defensivo.

—¿Por qué has vuelto? —preguntó Blair.

—Porque no he podido mantenerme lejos —contestó Hugh con una amarga sonrisa.

—Vuelve a Nueva Zelanda, Hugh.

—¿Por qué?

—No te quiero y no te necesito.

—¿No? —preguntó Hugh atrayéndola hacia él con un movimiento rápido y seguro—. Cuando hicimos el amor, ¿te recordé necesidades que habías olvidado? Porque hacía mucho tiempo que no te acostabas con un hombre verdad? ¿Por eso te acostaste con el gerente del hotel anoche?

Blair soltó una exclamación.

—¡No me acosté con Sam anoche!

—¿No?

—No, no lo hice, cerdo arrogante. ¿Cómo diablos sabes que estuvo aquí?

—¿Acaso importa? —preguntó él con desprecio—. Sé que se quedó contigo durante un par de horas anoche y estoy condenadamente seguro de que no estuvisteis sólo hablando. Eres una mujer apasionada, con fuertes deseos y una manera directa de satisfacerlos, y es evidente que Sam te desea. Por la forma en que coqueteabas con él en la fiesta era evidente que tenías intención de irte a la cama con él.

—No me acosté con él —masculló ella.

—Está bien, te creo —repuso Hugh al cabo de unos segundos interminables.

—Incluso aunque lo hubiera hecho no tienes derecho a esperar que te ofrezca el mismo servicio.

—¿Por qué no? Tú me deseas.

Por supuesto, se dijo la joven, Hugh era un experto en mujeres. Era completamente consciente de las sutiles y significativas señales que indican la disposición de una mujer.

—Tú me deseas —repitió inexorablemente—, tanto como yo te deseo a ti. Te has pasado noches en vela en una cama vacía, recordando cómo hicimos el amor,

¿no es así? El deseo está todavía impreso en tus células. No intentes siquiera mentir, Blair, porque yo lo sé. Yo también lo he vivido.

El deseo se apoderó entonces de Blair, un deseo dulce como la miel.

—Está bien, es posible que te desee, pero eso no significa que deba permitírtelo... no soy un animal sin fuerza de voluntad. No quiero sentirme así.

—Yo tampoco.

No cabía duda de que estaba siendo sincero.

—Pero, por una vez en mi vida, parece que voy a tener que lidiar con un sentimiento que no puedo controlar.

—¡No puedes violarme!

Hugh arqueó las cejas. Le dirigió una mirada que atravesó directamente su alma asustada.

—No. No te violaré. No soy uno de esos pervertidos que obtienen placer aterrorizando a las mujeres.

Como si estuviera tranquilizando a un animalillo salvaje, bajó el tono de voz.

—Te deseo —razonó—, y tú me deseas. ¿Qué hay de malo en eso? Aquella noche éramos la pareja perfecta, encajamos tan bien como una mano y un guante, ¿no es así? Lo único que quiero es disfrutar de tu pasión y de tu fuego un poco más. Blair...

La besó y, olvidándose de todo, Blair abrió la boca para él. Lo deseaba, como no había deseado nunca a nadie, pero el instinto de conservación la obligó a actuar.

—Muy bien —dijo separándose de él.

Dio un paso atrás y se arrancó la toalla y la parte superior del bikini, contemplando con mirada indiferente y desdeñosa los ojos de Hugh, oscurecidos ante la vista de sus pechos, tersos y brillantes por la humedad.

—¿Qué te gustaría que hiciera? —preguntó, manteniendo la cabeza en alto—. Me han enseñado a hacer el amor de muchísimas formas, puedo hacer cualquier cosa que desees, puedo hacer que sea tan placentero para ti que nunca lo olvidarás, nunca podrás acostarte con otra mujer sin acordarte de mí. ¿Es eso lo que quieres?

—¿Te han enseñado? —preguntó, y después, con un súbito y gélido control, continuó—. ¿Quién te ha enseñado, Blair?

—¿Acaso importa? —pero ya estaba arrepintiéndose de sus palabras.

Sonriendo con amargura, Hugh la abrazó y agachó la cabeza para besarla en la barbilla y morderle el lóbulo de la oreja.

—No —musitó—. No tiene la menor importancia. Enséñame cómo haces el amor, Blair. La vez pasada fue un torbellino. Esta vez y todas las que la sigan, quiero que sea largo y lento, que nos abrasemos juntos...

—Parece como si quisieras algún tipo de relación.

—¿Hay alguna razón por la que eso no pueda suceder? ¿Hay alguien en tu vida?

—No, no hay nadie. Pero yo... yo no estoy preparada para ningún tipo de compromiso.

Podría haber dicho: «Tengo miedo. Todas las relaciones que he tenido han terminado mal y ésta también lo hará. Y eso me aterroriza, porque creo que esta vez me causaría tanto dolor que no podría soportarlo». Pero no dijo nada de eso.

Hugh vaciló, antes de decir en voz baja.

—Muy bien, entonces, sin compromisos. Sé lo que

sientes por tu independencia. La admiro mucho y aunque no supiera que es lo más importante en tu vida, no esperaría que hicieras concesiones. Pero te deseo; deseo calentar mi corazón frío en tu calor, en esa aura dorada que te envuelve. No puedo olvidar aquella noche mágica que pasamos juntos.

Blair deseaba rendirse. Lo miró, contempló aquel rostro que no había conseguido olvidar. ¿Estaba enamorada de él? No lo sabía, sólo sabía que nunca se había sentido así. Si cualquier otro hombre le hubiera ofrecido lo que él le estaba ofreciendo... una aventura de cierta duración... lo habría echado de su vida con cajas destempladas.

Pero no podía hacerlo y tenía la dolorosa sensación de estar traicionándose a sí misma.

—Debería decirte que te marcharas —dijo con rudeza.

Hugh sonrió y fijó la mirada en sus pechos, haciendo que los pezones comenzaran a endurecerse hasta transformarse en pequeñas y tentadoras protuberancias que delataban el efecto que aquel hombre tenía sobre ella.

Blair quería luchar, quería echarle su deseo barato en cara, pero cuando lo miró no vio más que un apetito desnudo y torturado en sus ojos, en las líneas fuertes y severas de su rostro. Por primera vez, Hugh había bajado la guardia y ella no sabía defenderse de eso. Sólo durante un segundo, Blair cerró los ojos con desesperanza y luego se rindió.

—Pero no vas a hacerlo —dijo él, confiado.

Y, sin tocarla, agachó la cabeza y le besó los senos, suave y tiernamente.

—No —susurró Blair—. No aquí.

—No —repitió él con voz temblorosa mientras le

tomaba la mano y la conducía hacia la casa—. Aquí fuera no.

No era en absoluto como la primera vez. Era mucho más sutil.

A Hugh le temblaron las manos cuando las cerró sobre sus senos para llevarlos hacia su ávida boca. Blair estaba tiritando. Su rincón más secreto, aquella parte de ella que hasta ese momento no había sido violada, estaba expuesta ante él, porque Blair ya no podía protegerse de sus propios sentimientos.

—Eres dorada —murmuró Hugh con voz ronca—, como una doncella del sol...

—Yo no soy ninguna doncella.

Hugh esbozó una sonrisa lenta y sensual.

—No quiero iniciar a una virgen. Quiero a una mujer en mis brazos, en mi cama, a una mujer con las necesidades y los deseos de una mujer. No quiero enseñar, quiero a un igual.

La levantó y Blair le rodeó el cuello con los brazos. Luego la llevó hasta el dormitorio. A ella le produjo una emoción atávica ser llevada como una carga preciosa.

Hugh la hacía sentirse pequeña y protegida, y al mismo tiempo completamente en su poder. Perro no lo estaba, había sentido su impotencia en El Amir, una impotencia que la había hecho enfermar de terror e indignación.

Blair deslizó las manos hasta sus propios pechos. ¿Cómo se había atrevido a arrancarse la parte superior del bikini? ¿Habría sido una indicación de su subconsciente para señalarle que estaba preparada para él, de que a pesar de todas las razones lógicas y sensatas por las que no deberían estar juntos lo deseaba?

Hugh la dejó en el suelo y la estrechó contra él para

que pudiera sentir la fuerza de su excitación... Y recordara algo en lo que debía haber pensado antes.

—¡Hugh! —exclamó—. No puedo, no ahora. No quiero quedarme embarazada...

—¿Pensarás que soy un cerdo arrogante si te digo que puedo arreglarlo?

—¿Tan seguro estabas de ganar?

—Aquí no hay ni ganadores ni perdedores. Sólo quería asegurarme de que, si se presentaba la ocasión, estaría preparado.

La besó poniendo así fin a toda conversación.

Blair contuvo el aliento cuando Hugh alzó la cabeza y bajó la mirada. Un veloz movimiento de sus manos convirtió sus pechos en suculentas frutas prohibidas.

—Sabes a paraíso —dijo Hugh con voz profunda—. A calor y a mujer. Tu olor y tu sabor son tan dulces y eróticos como una noche de verano.

Aquellas palabras removieron algo muy dentro de ella, algo que nunca había sido tocado. La pasión explotó en su interior, llegando en forma de llamarada hasta cada una de sus células.

—Y te siento como los pétalos de una flor besada por el sol, sedosos y vibrantes, llena de vida y pasión.

Le cerró los ojos a besos y recorrió después con los labios la cremosa y suave columna de su cuello.

—A pesar de lo mucho que me gusta esto, creo que estaríamos más cómodos acostados en la cama —musitó Blair.

Hugh la soltó y por un instante Blair se quedó mirándolo, preguntándose por qué se sentiría tan... virginal. Había estado casada con Gerald durante cinco años, se había entregado apasionadamente a Hugh y, sin embargo, sabía que de ninguna manera podría quitarse la parte de abajo del bikini mientras Hugh la miraba.

—¡Blair! —exclamó Hugh con un destello de satisfacción en los ojos—. ¡Eres tímida!

—Es una estupidez, ¿no?

—Me parece cautivador —repuso Hugh riendo suavemente.

Hugh se quitó la camisa y dijo con tranquilidad:

—Ahora estamos en las mismas condiciones. ¿Por qué no me desnudas mientras intento quitarte eso?

Fue difícil, porque constantemente se estorbaban el uno al otro, y no facilitó las cosas el que Blair comenzara a reír sin poder contenerse. Pero al fin ella logró bajarle los pantalones y después quitarse la parte inferior de su biquini. En vez de tumbarse en la cama, Hugh se puso de rodillas frente a ella y dijo en voz baja.

—He soñado con esto.

Blair bajó la mirada hacia la cabeza oscura y sintió que su corazón se inundaba de algo desconocido para ella. Comprendía el deseo y la pasión, pero aquello era completamente nuevo. Se había enamorado de Hugh Bannatyne y lo amaría hasta el fin de sus días. Los ojos se le llenaron de lágrimas; alzó la mano y acarició su sedoso pelo castaño rojizo. Cuando Hugh hundió el rostro en su vientre, estuvo a punto de decírselo, pero se contuvo.

En su relación no había espacio para el amor. La deseaba, pero no había hablado en absoluto de amor.

Cuando Hugh empezó a explorar sus secretos rincones con la lengua, Blair musitó:

—Voy a desmayarme.

Hugh se puso de pie y la besó en la boca y el cuello. Aquella vez no hubo prisa en sus movimientos.

Hugh la deseaba como si hubiera recorrido el mundo buscándola, como si fuera más preciosa para él que la vida misma, y no se detuvo en su boca. Sus caricias encendieron fuego en todo su cuerpo; Blair se quedó si aliento cuando Hugh besó sus pechos. Por instinto, Blair le sostuvo la cabeza allí durante largo rato, sintiendo sus mejillas contra la suave piel de sus senos. Cuando ya tenía los pezones erguidos, Hugh los succionó con fuerza.

Un fuego estalló dentro de ella. Con un movimiento rápido e involuntario, apretó las caderas contra él e inmediatamente sintió su respuesta.

—No, todavía no, todavía no —musitó Hugh.

—Te deseo.

—No, corazón mío, todavía no. Esta vez tenemos todo el tiempo del mundo. Quiero darte todo el placer que puede darte un amante.

Ella protestó, pero él la empujó un poquito y le besó el otro seno.

—¡Maldito seas, Hugh!

Hugh la miró con los ojos brillantes.

—¿Por qué?

—¡Te deseo ahora!

—No, todavía no.

¿Iba a hacerla suplicar? Ella ya estaba insoportablemente excitada, dispuesta para él.

—Tócame —le pidió Hugh.

Capítulo 5

BLAIR apoyó la mano en su hombro, sorprendiéndose al sentirle estremecerse bajo sus dedos.

Le acarició lentamente la espalda hasta llegar a los tensos músculos de sus glúteos.

—Sí, tócame así —susurró Hugh con voz ronca.

Blair no necesitaba el estímulo; estaba dedicada a explorar cada centímetro de su piel.

Blair le besó el hombro mientras deslizaba la mano por su vientre. Él se inclinó para lamerle el seno, aquella vez sin ningún tipo de delicadeza. Una flor de sensualidad se abrió dentro de ella; el placer penetraba hasta la última de sus células. Deslizó la mano hacia abajo hasta encontrar el duro y terso miembro masculino.

—No —dijo Hugh con la voz estrangulada.

Blair rió, con un sonido ardiente y seductor, antes de inclinar la cabeza para besarle a Hugh el pezón. Blair se apretó contra él con determinación y Hugh se tumbó encima de su amante y la penetró como si su vida dependiera de ello.

—Maldita seas —exclamó salvajemente—. Quería que hiciéramos el amor lenta y tranquilamente, darte al menos eso.

—Te deseo —dijo Blair y lo acogió más dentro de sí con un movimiento que había aprendido de sus dos maestras.

—Tú lo has querido entonces.

—Yo lo he querido.

Fue como hacer el amor con una tormenta, un torbellino. Hugh lo exigía todo, no concedía tregua alguna. Blair respondió con igual violencia.

Blair luchaba contra él por el dominio del placer, rindiéndose sólo cuando llegó el orgasmo. Gritó mientras las olas del éxtasis fluían por su cuerpo, proyectándola a una especie de espacio intemporal. Hugh la siguió, sacudido por el mismo torrente de sensaciones.

Cuando terminó, Blair se quedó exhausta, satisfecha como no lo había estado nunca. Hugh se desplomó sobre ella, pero casi inmediatamente comenzó a levantarse.

—No —susurró ella, y lo abrazó con fuerza.

—Peso demasiado.

—Quédate ahí.

Pero al cabo de unos minutos Hugh se movió para que quedara sobre él, con la cabeza apoyada en su hombro. Con una sonrisa en los labios, Blair se quedó dormida.

Cuando se despertó, se desperezó; miró las cortinas blancas agitadas por la suave brisa marina. Frunció el ceño cuando invadió su mente un abrumador torrente de recuerdos y se puso rígida.

—No —dijo Hugh estirando el brazo para mantenerla junto a él—. La decisión está tomada y no tiene sentido preocuparse por eso ahora.

—¿Tan fácil te parece?

—No ha sido fácil para mí. ¿Ha sido tan fácil para ti?

—No —respondió ella con un suspiro.

—Pero esto —murmuró mirándola a los ojos y agarrándola de la barbilla—, esto es muy fácil. No puedo sacarte de mi mente, pero no quiero complicarte la vida. Vendré cada vez que pueda y te seré fiel cuando no esté aquí.

Blair lo hubiera seguido hasta el fin del mundo, pero comprendió que él no quería semejante sacrificio por su parte.

«Algún día descubrirá que, cuando esté conmigo, no necesita mantenerse detrás de sus barreras», se juró Blair. Pero era demasiado pronto como para que él confiara en ella.

—Sí, está bien.

Hugh la estrechó contra él e inclinó la cabeza. Relajándose y con el cuerpo ardiendo de expectación, ella le permitió que la llevara hasta el mundo del olvido.

Hugh le preguntó ese mismo día si podía irse a vivir con ella. A Blair le resultó extraño estar viviendo de nuevo con un hombre.

Por acuerdo tácito, nunca hablaban de la vida de Hugh en Nueva Zelanda, ni de su trabajo. Hablaban del mundo, de arte y música, de viajes, de los libros que habían leído... opinaban sobre mil temas distintos.

No tenían casi nada en común, y sin embargo, Hugh era el hombre más interesante y fascinante que Blair había conocido. A ella le encantaba discutir con él, le gustaba contemplar el destello de humor en sus ojos azules mientras la contradecía cortésmente; llegaba a decir cosas absurdas a propósito, por el mero placer de discutir con él.

Blair lo amaba.

—Tienes una risa tan perezosa —comentó Hugh una tarde, diez días después de haberse mudado con ella.

Estaban tumbados en la cama y sólo se oía el lejano rumor de las olas en el arrecife.

—¿Perezosa?

—Mmm. Perezosa, sensual y provocativa. Te oí reír antes de verte y te deseé en ese mismo momento.

—Lo primero en lo que me fijé yo —dijo ella, observándolo con los ojos entrecerrados— fue en que eras alto y excitante y en que tenías un rostro que sería la envidia de los jugadores de póquer.

—¿En serio? Y yo que pensaba que había sido mi belleza deslumbrante la que te había cautivado.

Blair sonrió.

—Tenías el aspecto de un dios sombrío, terrorífico y, al mismo tiempo, infinitamente interesante. No podía sacarte de mi mente.

—Ni yo a ti —le acarició un seno—. Y cuando te vi, dorada y resplandeciente, con ese andar seductor, todo mi cuerpo se estremeció. Es una locura. ¿Alguna vez te había ocurrido algo parecido?

Blair lo miró a los ojos. No podía leer nada en el rostro de Hugh, pero el corazón le latía un poco más de prisa. ¿Era aquel el principio de una confesión?

—No —dijo en voz baja—. Nunca.

—Ni a mí tampoco. Nada parecido. Creía que las personas que creían en el flechazo se estaban engañando a sí mismas. Supongo que me lo merezco por ser tan arrogante.

—¿Y te molesta que te haya ocurrido a ti?

Hugh esbozó una sonrisa irónica.

—No. No me gusta estar a merced de mis hormonas pero, como tú también estás a merced de las tuyas, no puede molestarme nada.

Blair cerró los ojos para ocultar las sombras de dolor que aparecieron en ellos. Había sido estúpido insistir. ¿Por qué sería Hugh tan desconfiado que no podía ver su relación como otra cosa que una mutua satisfacción de necesidades?

Bueno, ella también había tenido problemas y no se los había contado. Con el tiempo, Hugh aprendería a confiar en ella.

—¿Qué te pasa? —preguntó Hugh, confundiéndola una vez más con su capacidad para leerle el pensamiento.

—Debo estar cansada —respondió, sonriéndole y olvidando el dolor.

Fue obvio que Hugh no le creyó: le acarició los pechos lenta y seductoramente.

—Es una lástima —comentó—. Yo no estoy cansado en absoluto.

Blair soportó sus caricias, obligando a su cuerpo a no revelar su ardiente reacción. Hugh sabía exactamente lo que tenía que hacer para desmoronar su dominio de sí misma.

—Tengo que marcharme el miércoles —dijo Hugh bruscamente.

—Ya veo.

—¿Estarás aquí cuando vuelva?

—Yo... sí. Sí, estaré aquí —y sin poder contenerse, preguntó—: ¿Y cuándo volverás?

—En cuanto pueda —dijo él en voz baja—. Probablemente dentro de un par de meses.

Y besó a Blair en el cuello, hundiéndola en una vorágine de sensualidad.

Hugh no quiso que ella lo acompañara hasta el avión, de modo que se despidieron en casa y Hugh se marchó sin mirar hacia atrás. Se llevó con él las pinturas que había comprado la primera vez que había estado allí.

Blair se entregó totalmente a la pintura; eso la ayudó, aunque aquellas obras eran demasiado personales para venderlas o exhibirlas. Pasó los días arrancándose el corazón para ponerlo en el lienzo.

Las noches eran agonizantes. De vez en cuando se recordaba a sí misma que no sabía la dirección de Hugh, que quizá él nunca volviera, que incluso si lo hiciera, sería sólo para retomar su aventura. Ella nunca había sufrido la dolorosa sensación de estar incompleta, y eso la ponía furiosa.

Diez días después de que Hugh se fuera llegó la carta. En cuanto la vio, Blair supo de quién era: Desgarró el sobre, se dejó caer en una silla y la leyó. Hugh estaba en Auckland para atender un caso particularmente interesante y era probable que permaneciera allí durante una semana más. Le comentaba el caso, antes de retratar secamente y con agrio humor a las personas involucradas en él.

Había visto la película *Ajedrez,* que le había gustado, y había ido con unos amigos y con su hijo al zoológico. Le narraba mil anécdotas divertidas sobre la excursión al zoo. Parecía un niño.

Blair suspiró, deseando haber estado allí con él; después retomó la lectura de la carta. Hugh le hablaba de un libro que había leído y que pensaba que podría gustarle a ella, hablaba de un conocido político que se había puesto a sí mismo en ridículo una vez más y firmaba: *tuyo, Hugh.*

No expresaba afecto, pero en realidad ella ni siquiera esperaba una carta. Inconscientemente, dirigió la mirada hacia la dirección, un apartado de correos de Napier.

Esbozó una mueca. Muchas personas utilizaban su apartado de correos como dirección, de modo que, ¿por qué le parecía tan terrible?

Decidió que estaba sufriendo la típica inseguridad

de la enamorada y que, si no conseguía superarlo, no tendrían una relación muy feliz.

Sonriendo con decisión, comenzó a redactar una respuesta. Trataría a Hugh como los amigos con los que mantenía correspondencia, escribiría una carta en forma de diario, con algunos dibujos para expresar lo que las palabras no podían.

Pensó en Napier y se preguntó si, cuando se marchara de Fala'isi, Hugh le pediría que se fuera a vivir con él.

—¡Basta! —se ordenó a sí misma en voz alta.

¿Por qué no podía disfrutar lo que él estaba dispuesto a darle, sin exigir más? Blair había estado segura de que nunca sería capaz de amar, de que nunca volvería a disfrutar del sexo, pero estando con Hugh había descubierto que era capaz de amar y disfrutar. ¿No era eso suficiente por el momento?

Pero, ¿qué podía hacer ella con aquel amor difícil?

Bueno, aunque hubiera cumplido los treinta años, todavía era atractiva, y creía que, además de desearla, a Hugh le gustaba estar con ella. Probablemente algún día aparecería el amor.

Ignorando la furtiva vocecita de su mente que le decía que con Hugh nada era tan sencillo, Blair entró en el estudio y comenzó a trabajar de nuevo.

Él volvió a Fala'isi seis semanas después. Blair se enteró cuando salió del baño, al final de una larga y calurosa tarde que había pasado pintando en las montañas, y se lo encontró sentado en la terraza contemplando el atardecer.

Si no hubiera sabido de antemano lo que sentía por él, Blair se habría dado cuenta en ese instante.

—Hugh, ¿cuándo has llegado? —preguntó con cierta dosis de indiferencia para ocultar sus sentimientos.

Hugh alzó rápidamente la mirada, luego se puso de pie con un movimiento no muy ágil. Con dolor en el corazón, Blair lo vio endurecer su rostro.

—Hace veinte minutos.

De modo que estaba en Australia, pues el único avión de esa tarde llegaba de Melbourne. Así que no estaba allí de paso. Sin tratar de disimular la alegría que le producía saberlo sonrió a Hugh.

—Deberías haberme dicho que estabas aquí.

—Tú estabas en la ducha y yo quería tranquilizarme primero. No te preocupes, he disfrutado estando aquí sentado.

—Entonces siéntate otra vez y te prepararé una bebida.

Pero Hugh la acompañó y se sirvió una ginebra con lima; a ella le sirvió una copa de vino blanco.

—Salgamos de nuevo a la terraza —sugirió ella, sintiéndose extrañamente incómoda—. Es mi forma favorita de terminar el día.

Hugh arqueó las cejas, pero volvió a salir, y juntos, sin hablar, contemplaron la puesta del sol y a la oscuridad caer como una bendición sobre la isla.

Salieron tantas estrellas que Blair pensó que aquello era como estar dentro de un tazón de diamantes.

—Ojalá pudiera pintar eso —suspiró Blair.

—Déjale algo a la naturaleza —contestó Hugh divertido.

Blair sonrió.

—Nunca podré superar a la naturaleza. Pero es increíblemente hermoso, ¿no crees?

—Sí. ¿No echas de menos nunca Nueva Zelanda?

—Oh, hay muchas cosas que echo de menos de allí. El invierno, para empezar. Y... bueno, es mi hogar. Mis padres están allí. Fala'isi es precioso, pero yo soy neocelandesa y ya sabes lo que dicen de nosotros: siempre volvemos allí.

—De modo que eres patriota.

—Lo confieso.

—Cuando te marches de aquí, ¿volverás a Auckland?

A Blair se le aceleró el pulso al oír aquella pregunta. Bebió un trago de vino antes de decir:

—No lo sé.

—Grant Chapman me ha dicho que ha comprado un cuadro que pintaste de los pescadores —comentó Hugh—. Está muy contento con él.

—Me alegro . Fue difícil pintarlo. No quería que fuera otro cuadro típico de la isla.

Hugh sonrió.

—Pero conseguiste pintar un buen cuadro.

—Eso espero —se puso de pie—. No te esperaba, de modo que será mejor que me asegure de que tengo suficiente comida en casa para darte de cenar.

Hugh también se puso de pie.

—Me importa un bledo la comida.

Hugh la levantó en brazos y la llevó hasta el dormitorio. Una vez dentro, la deslizó por su cuerpo excitado y la besó con una ansiedad que la hizo estremecerse de éxtasis. Ella se alegraba de que Hugh no la hubiera llevado directamente a la cama, pero aquel primer beso no le dejó duda alguna de que había sido por educación y no por falta de deseo, y respondió con un fervor que la sorprendió hasta a ella misma.

—Te deseo —dijo Hugh con rudeza—. Desvístete mientras cierro las puertas y persianas.

Ella se había quitado el vestido y se estaba agachando para quitarse la pequeña prenda de seda que era lo único que llevaba puesto cuando él llegó por detrás y deslizó sus manos alrededor de ella para apretarla contra él. Era extrañamente excitante estar prisionera en sus brazos, casi desnuda mientras él estaba todavía completamente vestido.

Blair miró a través de la puerta abierta el enorme espejo del baño. En él podía ver su pálido cuerpo empequeñecido por el de Hugh.

—Haces aparecer al hombre primitivo en mí —dijo Hugh con la voz ronca por el deseo—. Siempre había pensado que una relación entre un hombre y una mujer debía estar presidida por el respeto y la educación, pero cuando estoy cerca de ti echo el freno por la ventana y me olvido completamente de la educación.

Rió de manera extraña y agachó la cabeza para morder suavemente el hombro de Blair, antes de continuar—:

— ...Quiero que hagamos el amor de tal forma que entre los dos bajemos la luna y hagamos de esta habitación el mundo entero.

—Cuando tú estás en esta habitación, es el mundo entero.

Ríos de estrellas centelleantes corrían en el torrente sanguíneo de Blair. Las seis semanas que había pasado sin Hugh habían aguzado su apetito. Se volvió y, mientras Hugh la besaba, le desabrochó los botones de la camisa.

Mucho tiempo después, todavía tumbada encima de él, ella murmuró débilmente contra su hombro:

—¿Alguna vez ha muerto alguien por hacer el amor?

—No creo.

—Me sorprende.

Pasaron varios minutos. Cuando el palpitar de su corazón se hubo normalizado, Blair continuó lánguidamente:

—Supongo que será mejor que cenemos. ¿Cuándo has comido?

—Hace unas diez horas. Un almuerzo muy formal en Melbourne. En el avión he venido dormido.

Blair comenzó a incorporarse, pero Hugh se lo impidió.

—Quédate ahí. Me gusta sentirte sobre mí. Al menos que estés a punto de desmayarte.

El estómago de Blair eligió ese momento para protestar y él rió suavemente y la dejó marcharse, desperezándose mientras bostezaba.

—Por otra parte, no quiero que estés tan débil que no puedas funcionar debidamente. Quédate ahí y te prepararé algo.

—¿Sabes cocinar?

Hugh la hizo tumbarse en la cama y la besó en la frente.

—Por supuesto que sé cocinar. Soy un experto preparando tortillas. A todo el mundo le gustan y se pueden comer a cualquier hora del día o de la noche. No te muevas.

Pero ella se levantó, se bañó e hizo la cama y estaba cepillándose el pelo cuando Hugh volvió con una bandeja que dejó sobre una mesa.

—Me encanta tu pelo —dijo, acercándose para hundir sus manos en él—. Es como una mezcla de rayos de sol y luz del fuego, lo mejor de ambos mundos. Ven a cenar.

Blair se había puesto una bata. Hugh miró los pantalones que se había puesto al levantarse de la cama y sonrió.

—Me voy a poner algo un poco más convencional —dijo.

—No, al menos que estés incómodo. Me gusta como estás ahora.

Hugh arqueó las cejas, y se sentó. Había tenido razón al declararse a sí mismo un experto. Había hecho unas tortillas perfectas, ricas y cremosas, rellenas de camarones y aguacate. El olor a café perfumaba el aire. Blair comió con delicada voracidad, pero no podía apartar la mirada del hombre que estaba frente a ella.

Mezclada con la admiración de una mujer enamorada había un deleite puro en su belleza, en sus líneas austeras.

—Me siento como si fuera el siguiente plato del menú —dijo Hugh.

Preguntándose si lo habría ofendido, Blair lo estudió atentamente. En la profundidad de sus ojos brillaba una chispa.

Blair sonrió. Se inclinó, le agarró la mano y le mordisqueó suavemente el pulgar. Hugh se estremeció ante aquella inesperada caricia y la joven lo miró provocativamente con los ojos entrecerrados.

—¿Te molesta? —preguntó con recato.

Hugh esbozó una enigmática sonrisa.

—Pregúntamelo dentro de diez minutos.

Blair se despertó a la mañana siguiente algo dolorida, pero más contenta de lo que jamás había estado. Al lado de ella, Hugh dormía todavía tumbado de espaldas totalmente relajado, ocupando más espacio del que le correspondía. En cierta forma eso consoló a Blair; a pesar del talento natural de Hugh para hacer el amor y de los refinamientos que sólo la experiencia le podía haber enseñado, era evidente que él no estaba acostumbrado a compartir una cama.

Moviéndose con cuidado, Blair se levantó sobre un codo y lo estudió con detenimiento. Blair pensó, con algo de tristeza, que incluso dormido conservaba aquella máscara de control sobre sus facciones.

Un pequeño destello azul entre las pestañas reveló que Hugh se había despertado. Blair se inclinó para besarlo.

—Buenos días —dijo—. ¿Has dormido bien?

—Como un tronco —contestó Hugh y la atrajo hacia él para poder besarla profundamente.

A Blair le habría encantado pasar el resto del día en la cama con él, pero él se levantó casi inmediatamente. Cuando Hugh le preguntó lo que tenía pensado hacer ese día, ella le habló de sus excursiones a las montañas.

—Justo lo que necesito —decidió Hugh—. Dormiré bajo una palmera mientras tú trabajas.

—No hay palmeras ahí arriba. Los cocoteros están casados con el mar.

—Cualquier árbol me servirá.

Una hora más tarde, estaban los dos en el coche de doble tracción que Blair había alquilado, traqueteando por un inhóspito camino. Blair conducía y Hugh la miraba con un sentimiento peligrosamente cercano a la ira.

Cuando llegaron al final del camino, Hugh dijo bruscamente:

—No me gusta que arriesgues tu vida así.

—Sé que el camino no es muy bueno, pero es seguro y yo soy una buena conductora.

—Sí, lo eres, pero «seguro» no es la palabra que yo usaría para describir ese camino. No quiero que vuelvas a subir aquí.

Blair o miró y dijo sin alterarse:

—Lo siento, pero quiero terminar el cuadro en el que estoy trabajando.

—En otras palabras, ocúpate de tus propios asuntos.

Blair se mordió el labio, pero no podía ceder.

—Me temo que sí —dijo mientras salía del jeep. Algo la instó a añadir—: Soy una mujer adulta, Hugh, no me gustan mucho las órdenes.

Hugh rodeó el coche y sacó el equipo de Blair.

—¿Qué tal las peticiones?

—Tengo que tomar mis propias decisiones.

Hugh dejó el caballete en el suelo y una bolsa a su lado, después se volvió para sujetar a Blair de los brazos.

—¿Una súplica, entonces? —preguntó.

Una sombra oscureció la mirada de Blair.

—No puedo imaginarte suplicando.

—En lo que concierne a ti —declaró Hugh con rudeza—, no tengo orgullo. No puedo soportar la idea de que estés vagando por estas montañas y conduciendo por caminos como éste. No vuelvas a venir por aquí, Blair, por favor.

Blair estuvo a punto de ceder, pero el orgullo acudió en su auxilio.

—No puedo —dijo—, pero te prometo que tendré mucho cuidado, cariño.

Hugh la agarró con fuerza. Blair se dio cuenta de que Hugh no estaba acostumbrado a ser desobedecido.

—¿Se supone que eso debería consolarme? Ninguna persona prudente hubiera subido aquí —repuso Hugh con aspereza.

—¿Conducirías tú hasta aquí arriba?

Hugh la soltó y miró hacia el empinado precipicio. Después se volvió hacia ella.

—Sí, yo conduciría hasta aquí arriba y sí, reconozco que no tengo razón pero... no quiero que te pase nada malo, Blair.

—No va a pasarme nada —respondió ella—. Al menos, nada que el sentido común pueda evitar.

Blair se dio cuenta entonces de cuánto había cambiado Hugh y de lo imperceptible que había sido ese cambio. Su rostro se endureció y una vez mas ella vio al hombre que la había contemplado la primera noche fríamente aislado de todo lo que le rodeaba. La diferencia entre aquel hombre y aquel al que ella se había acostumbrado era tan marcada que Blair estuvo a punto de ceder.

Pero no lo hizo. Tenía miedo de hacerlo. No quería que nadie controlara una vida que tanto trabajo le había costado conseguir.

—Confía en mí —le dijo sonriendo.

Hugh arqueó las cejas.

—Tengo que hacerlo, ¿no es así?

Pero la pequeña discusión había arruinado el día. Blair casi podía oír el ruido de las barreras de Hugh cerrándose con firmeza.

Aquella noche hicieron el amor de nuevo con toda la pasión que se había acumulado a lo largo de las semanas que habían estado separados, pero, aunque Blair alcanzó las alturas del placer físico, se sintió emocionalmente insatisfecha. La ternura de la noche anterior estuvo ausente.

A la mañana siguiente, Hugh le dijo durante el desayuno.

—Tengo que marcharme mañana.

El pánico se encendió muy dentro de Blair. Las palabras de Hugh encerraban una despedida definitiva.

—¿A qué hora te vas?

—En el avión de las cuatro y media de la mañana.

De modo que iba a Nueva Zelanda.

—Es una hora completamente intempestiva, ¿no crees?

—Se llega a tiempo de trabajar —respondió él.

Era absurdo estar haciendo aquel tipo de comentarios cuando lo que ella quería era pedirle que se quedara, que no se sintiera tan ofendido por la necesidad de Blair de mantener el control de su propia vida...

—Así que, ¿qué quieres hacer hoy? —preguntó Blair.

—¿No querías terminar el cuadro en el que estabas trabajando?

—Sí, pero...

—Entonces eso es lo que haremos.

Fue un día insoportable para Blair. Mientras ella pintaba, Hugh estuvo leyendo pero su silenciosa actitud amenazaba con destruir su frágil relación.

Intimidada por su hostilidad, Blair tuvo que reunir toda su fuerza de voluntad para concentrarse. Quizá por eso se olvidó de la precaución; dio un paso atrás para contemplar con los ojos entrecerrados el contorno de las montañas y resbaló.

Aunque no fue una caída peligrosa, pues no se trataba de un precipicio, soltó una exclamación asustada y, con un movimiento relámpago, Hugh la agarró por la muñeca y la ayudó a subir.

Casi inmediatamente, Hugh dejó caer el brazo y le dio la espalda. Durante un largo momento permanecieron en silencio, Blair frotándose la muñeca y Hugh jadeando hasta que logró recuperar el dominio de sí mismo.

Después le preguntó a Blair con una brusquedad estremecedora:

—¿Estás bien?

—Sí —respondió ella—. Sí, estoy bien. Gracias.

Blair esperaba oírlo repetir que no volviera a la montaña, pero Hugh no dijo nada.

Mordiéndose el labio, Blair contempló el lienzo. Era inútil. Lo había echado todo a perder.

—Bien podemos volver —dijo.

Hugh insistió en conducir. A su lado, Blair se preguntaba por qué debería ella complacerlo si él no tenía derecho a exigir nada de ella. Y sin embargo, cuando llegaron, le dijo en un gesto conciliador.

—No volveré a la montaña.

—No tenía derecho a pedirte que no lo hicieras. Debes hacer lo que quieras.

Blair entonces tuvo la seguridad de que se estaba alejando de ella.

Hugh se mantuvo fuera de su camino mientras ella se duchaba y vestía. La casa estaba muy silenciosa, como si Hugh ya se hubiera marchado. Blair se miró en el espejo. El dolor oscurecía sus ojos con misteriosas sombras verdes y endurecía las curvas suaves y voluptuosas de su boca. Bien, actuaría con dignidad. Era lo único que podía hacer.

Almorzaron en la piscina y nadaron bajo la sombra verde de la enredadera. Después Hugh dijo que tenía trabajo que hacer y Blair que iba a retirarse a descansar.

Blair tenía la esperanza de que él fuera a buscarla mientras estaba en la cama, oyendo el arrullo de las palomas, pero no lo hizo. Tras una hora intranquila, Blair se levantó y, cuaderno de bocetos en mano, salió a la terraza donde Hugh estaba trabajando.

Hugh alzó la mirada.

—No te preocupes por mí —dijo Blair—. Sólo voy a hacer algunos bocetos.

Hugh volvió a concentrarse en su trabajo. Al cabo

de unos diez minutos, Blair comenzó a dibujarlo, tratando de utilizar su talento para atraparlo en el papel.

Cuando terminó, cerró el cuaderno y desvió la mirada. Hugh continuaba leyendo, su perfil arrogante se recortaba contra las centelleantes aguas del mar. Blair se puso de pie y entró en la casa, sosteniendo el cuadro como si contuviera sus secretos más íntimos y lo guardó en un lugar secreto, al lado del dibujo que había hecho la noche que se habían conocido.

Después cenaron juntos; Hugh estuvo descorazonadoramente distante; la trataba como si nunca hubieran hecho el amor, casi como si nunca hubieran hablado.

Al final poco después de las diez, Hugh dijo:

—Me voy a la cama. He pasado mis cosas a la otra habitación para no molestarte cuando me levante.

¿Habría decidido marcharse para siempre? El impacto que le produjo aquella idea la hizo preguntar a su vez con agresividad:

—¿Por qué no admites que no quieres dormir conmigo esta noche?

Hugh la miró arqueando las cejas, haciéndola sentir torpe y vulgar.

—Muy bien —dijo tranquilamente—. No quiero dormir contigo esta noche.

—Ya veo —dijo Blair, dándole la espalda.

Tras un momento de silencio, Hugh le explicó:

—No va a funcionar, Blair. Lo siento.

—Pero, ¿por qué? ¿Qué ha pasado?

Blair se había jurado no suplicar, no preguntar razones; dignidad, se había prometido a sí misma, pero la dignidad era inútil. Necesitaba saber por qué la estaba rechazando.

—Supongo que simplemente no estoy hecho para

sostener una relación a larga distancia. Créeme, Blair, no tiene nada que ver contigo.

No era verdad, lo sabía; algo tardíamente, el orgullo acudió en su auxilio.

—No tiene importancia. Olvida que te lo he preguntado. ¿Necesitas despertador? Me temo que no tengo, pero podría...

—Tengo despertador. Buenas noches, Blair.

Dos horas más tarde, Blair estaba en la cama, oyendo el rumor de las olas en el arrecife, preguntándose todavía por qué Hugh había decidido de pronto que no había futuro para ellos. ¿Debería ella haber intentado hacerle cambiar de opinión? No, eso sólo la habría llevado a humillarse. Hugh era un hombre que tomaba sus propias decisiones y contra esa voluntad de piedra ella no tenía poder alguno.

«Igual que una querida», pensó con cansancio. ¿Cuántas queridas se habían enamorado de sus amantes y habían anhelado el poder que el amor correspondido podría darles?

Pero si al menos hubieran podido pasar aquella noche juntos...

Blair comprendía al hombre que amaba. Una vez que había decidido que no había futuro para ellos, consideraría que hacer el amor sería utilizarla. Ella suponía que era una muestra de respeto, pero el cuerpo le dolía de deseo.

Se levantó y fue a la cocina a tomar un vaso de agua. Un sollozo ahogado escapó de su pecho. Dejó el vaso y se aferró al borde del fregadero, mientras libraba una breve y feroz batalla contra el deseo que latía dentro de ella.

No podía soportarlo. Lo deseaba tanto, y no sólo

por el estremecedor placer de su entrega; deseaba estar a su lado, oír su respiración, saber que le bastaba con estirar la mano para tocarlo.

Blair apretó los labios. Si aquella iba a ser la última noche que Hugh iba a pasar en su casa, iba a hacer que fuera una noche inolvidable.

Caminó silenciosamente por la casa, pero en vez de ir a su propia habitación se detuvo fuera de la de Hugh.

«No lo hagas», le decía el sentido común. «¡Aléjate!» Pero el deseo y una dolorosa sensación de pérdida la impulsaron a mover el picaporte.

A los pocos segundos se encontró a sí misma a los pies de la cama, mirándolo mientras dormía.

Capítulo 6

A BLAIR le latía el corazón con tanta fuerza que estaba segura de que iba a despertar a Hugh, pero él siguió durmiendo.

Conteniendo la respiración alargó el dedo para acariciarle el brazo. Aquellos músculos no los había conseguido con su profesión de abogado; debía realizar alguna labor física. Nadaba como un pez y tenía un tipo atlético, pero ella no sabía qué deporte practicaba para mantenerse en forma.

Sabía tan poco de él.

Pero sabía, al menos en teoría, cómo excitarlo. Las horas de enseñanza que había tenido que soportar en El Amir siempre le habían parecido una pesadilla. Todavía rechazaba con un estremecimiento los recuerdos de las dos mujeres transmitiéndole con pragmatismo sus conocimientos sobre el sexo.

Mientras contemplaba a Hugh dormido, se preguntó si quizá la vida le estaría concediendo la oportunidad de reemplazar el abrumador horror de esos días con otros recuerdos de una pasión que al menos era honesta.

Una de las lecciones había sido la de excitar a un hombre dormido tan gradualmente que él no tuviera idea de lo que le estaba sucediendo hasta que llegara al orgasmo.

«No», le advirtió el sentido común. «¡No lo hagas! Es demasiado cercano a la violación».

Pero aquella iba a ser la última vez. Aquella noche había algo implacable en Hugh, algo que la había convencido por completo. Todo había terminado. Hugh nunca volvería. Con cuidado, se arrodilló junto a la cama.

A aquel gesto le siguió una seducción silenciosa. Blair lo acariciaba con movimientos suaves. Cuando Hugh se acostumbró a su presencia, lo besó, tocando los pequeños pezones masculinos con la lengua.

Después se concentró en el ombligo. Hugh no emitía sonido alguno, ni mostraba ninguna indicación de que estuviera despierto y fuera consciente de su presencia, aunque se agitaba, inquieto.

Blair utilizó entonces su melena para acariciar el pecho de Hugh. La joven empujó la sábana para rozar con su pelo sus muslos fuertes y musculosos.

Hugh se excitó en seguida. Blair también estaba muy excitada, casi desesperada por culpa de un deseo silencioso y apremiante. Pero antes de poder satisfacer su apetito, tenía que subirse a la cama sin despertarlo.

Por un momento vaciló, pero estaba en los días menos fértiles del ciclo; el riesgo era pequeño.

Hugh movía la cabeza de un lado a otro sobre la almohada, pero no abría los ojos y, aunque Blair podía discernir un deseo desatado en su expresión, no creía que fuera consciente de lo que estaba sucediendo.

Con infinito cuidado se subió a la cama.

Gradualmente, sin rozarlo, se deslizó sobre él y lo hundió en ella.

La larga y sutil preparación la había excitado hasta un punto febril, pero durante largos segundos se limitó a permanecer con las rodillas a cada lado de los muslos de Hugh sin moverse.

Después, quieta y erguida, comenzó a tensar y relajar músculos específicos para atraerlo más y más dentro de ella.

Blair, aunque estaba cada vez más excitada, permanecía inmóvil, absorta en el rostro enigmático del hombre al que sujetaba tan dentro de sí. Inexorablemente sus músculos internos se contraían y aflojaban mientras el deseo se volvía intolerable, agonizante.

Justo antes de que Blair perdiera el control, Hugh deslizó las manos hasta sus caderas y la obligó a bajar sobre él mientras abría los ojos. Blair empezó a temblar mientras el placer rugía en su interior, en estremecedor contraste con el control que mantenía sobre su juego amoroso.

De pronto, Hugh al borde de alcanzar el orgasmo, la aferró con fuerza a sus caderas. La miró entonces fijamente a los ojos y se derramó en ella.

Blair se desplomó exhausta sobre él, y oyó los sonoros latidos de su corazón. Casi inmediatamente comenzó a incorporarse, pero Hugh se lo impidió abrazándola con fuerza.

—No. Has conseguido lo que querías; ahora puedes darme lo que yo quiero.

Ella protestó, pero Hugh ignoró sus protestas.

Empezó a acariciarla repitiendo los movimientos tranquilos y suaves que ella había utilizado. No le permitió tocarlo y le sujetó las muñecas sobre la cabeza cuando lo intentó, de modo que Blair quedó disponible a él, como una tierra fértil frente a un conquistador. Hugh la hizo experimentar sensaciones tan intensas que la joven terminó suplicándole entrecortadamente que terminara con aquel exquisito tormento.

Al final, Hugh se introdujo en ella y la arrastró hasta las más altas cumbres del placer. Casi al instante, Blair se quedó dormida en los brazos de Hugh.

Cuando se despertó, Hugh ya se había marchado. En la casa se oía movimiento, lo que indicaba que Sina estaba trabajando. Blair se desperezó, sonriendo perezosamente, pero entonces, el recuerdo la abrumó y se volvió para hundir el rostro en la almohada, conmocionada y avergonzada.

¿Qué la había llevado a entrar en aquella habitación la noche anterior? «Lujuria», pensó desoladamente. Y una necesidad dolorosa de estar cerca de él.

Bueno, todo había terminado, de modo que con sombría entereza se obligó a sí misma a salir de la cama. Tenía que seguir su vida.

Por primera vez en treinta años de vida, Blair llegó a comprender el significado exacto de la soledad. No era algo impuesto desde afuera; era un vacío implacable y maligno que nacía dentro de ella, extrayendo de su vida todo el color y la alegría. Llegó un momento en el que le resultó difícil levantarse por las mañanas y casi imposible dormirse por las noches.

Fala'isi la había ayudado una vez, la había sanado, la había persuadido de que la vida podía ser agradable. Quizá lo hiciera de nuevo.

Pero antes tenía que superar la vergüenza que le producía su comportamiento de aquella última noche. Ella odiaba al hombre de El Amir que creía que ella no era más que un cuerpo y detestaba a las mujeres que lo habían ayudado.

Y sin embargo, había absorbido lo suficiente de aquella actitud machista como para utilizar su cuerpo de la manera exacta en que ellos pensaban que debía ser utilizado. Había rechazado sus creencias, pero no era mejor que ellos: había utilizado a Hugh, lo había seducido cuando él no quería hacer el amor.

Ya no iba a las montañas, pero comenzó a pintarlas desde abajo, encontrando cierta afinidad entre sus sentimientos y los picos escabrosos.

Nadaba todos los días, intentando cansarse para poder dormir por la noche, pero la mayoría de las noches pasaba horas despierta en la cama.

A los Chapman les encantó el cuadro que había pintado de los pescadores y le pagaron bastante dinero por él.

—Tienes que venir a verlo en su nuevo hogar —le dijo Tamsyn Chapman por teléfono—. ¿Qué te parece mañana? Tomaremos el té y hablaremos de Nueva Zelanda.

Blair no quería ir... los Chapman eran muy amigos de Hugh... pero aceptó. Cualquier cosa con tal de llenar sus días. Grant no estaba, pero Tamsyn era una mujer de conversación amena y Blair salió un poquito de su apatía.

—Echo de menos a Louise —comentó Tamsyn con un suspiro—. Le encanta su escuela y por supuesto que ve mucho a Hugh, y a mis padres también, pero no es lo mismo que estar en casa.

—Creo que él vive cerca de la escuela.

—A muy poca distancia en coche —Tamsyn rió—. Como habrás notado, ella está enamorada de Hugh y él ha sido increíblemente bueno con ella. A Hugh le encantan los niños. Es una verdadera lástima que no tenga hijos. Pero creo que el pobre está a punto de perder su sitio en el tierno corazón de Louise.

Blair sonrió.

—¿Ha descubierto a los chicos?

—No precisamente. Ha descubierto a las estrellas de televisión. ¡Mucho más seguro!

—Ah, yo también fui una idólatra.

—Y yo. Pero mis ídolos eran poetas, sobre todo Byron.

Sí, fue una tarde placentera. Blair aprobó de todo corazón la colocación de su cuadro e hizo buenas migas con Tamsyn Chapman; en otras circunstancias hubiera deseado que fueran amigas.

Al día siguiente, alquiló una lancha con motor fuera borda al marido de Sina y fue hasta uno de los minúsculos islotes que moteaban el arrecife decidida a plasmar unas montañas. Instaló su caballete en la arena bajo un cocotero y comenzó a trabajar.

Una hora después, dio un paso atrás, la arena cedió bajo su tobillo y cayó de lado. Se golpeó la cabeza contra el tronco de una palmera y cayó inconsciente en la arena.

Volvió en sí con una jaqueca de proporciones monumentales y un dolor punzante y agudo en una de sus sienes que se manifestaba cuando movía la cabeza. Tenía la garganta seca y el tobillo le dolía en forma insoportable.

Blair probó de mover experimentalmente su tobillo. Sintió una punzada y gimió. Durante varios minutos estuvo respirando lenta y pausadamente, para intentar tranquilizarse.

Después contempló el cielo. No sabía durante cuánto tiempo había estado inconsciente, pero el sol se había movido lo suficiente como para que estuviera completamente expuesta a sus rayos. Si no iba hasta la sombra, sufriría insolación y deshidratación.

Lo que siguió fue un tormento. No podía ponerse de pie, así que tuvo que arrastrarse por la arena. Cada movimiento le dolía, pero ser obligó a sí misma a continuar. Estuvo a punto de desmayarse un par de veces y, cuando al fin llegó hasta la sombra, la cabeza empezó a darle vueltas y durante algunos segundos volvió a quedar inconsciente.

Cuando volvió en sí, cerró los ojos y se dispuso a esperar, tratando de utilizar la menor energía posible y negándose a pensar en lo que pasaría si nadie notaba su ausencia durante días.

El sol se deslizó hacia el poniente con lentitud. Blair había ansiado que llegara la noche para escapar al calor, pero cuando llegó empezó a tiritar; se le llenaron los ojos de lágrimas, hasta que se dijo con firmeza que llorar no iba a solucionar su problema. Al cabo de un rato, se hundió en el sueño. Se le estaban acabando las fuerzas y lo único que podía hacer era esperar a que el marido de Sina se diera cuenta de que algo andaba mal.

Pero el marido de Sina no llegó hasta el día siguiente.

Tras aquella pesadilla de sed y dolor, se despertó y se dio cuenta de que las sienes ya no le palpitaban, ni siquiera cuando movía la cabeza. Incluso su tobillo, firmemente vendado, le parecía casi normal. La boca, sin embargo, la tenía muy seca, y cuando se pasó la lengua por los labios los sintió agrietados.

—Beba esto —le dijo una voz.

Ella sorbió con avidez la fresca agua. Después abrió los ojos.

Vestida de un blanco resplandeciente, una enfermera le sonreía.

—¿Se encuentra mejor?

—Sí —murmuró Blair.

—Qué bien, porque tiene una visita.

Era Tamsyn Chapman.

—¿Hay alguien a quien podamos avisar? —preguntó después de saludar.

—No —susurró Blair.

—¿Tus padres?

—Están en Sudamérica, viajando. Viajan mucho. Están viendo unas ruinas incas esta vez. No podrán localizarlos.

Tamsyn frunció el ceño.

—No importa. Todos hemos estado muy preocupados, pero ya estás a punto de recuperarte, de modo que sólo debes concentrarte en ponerte bien —asintió a la enfermera, que le había hecho una señal—. No te molestaré más, pero si necesitas cualquier cosa, házmelo saber de inmediato.

Recuperarse se convirtió en la única meta de Blair. Pero resultó más difícil de lo que parecía. Cuando preguntó, descubrió que había sufrido un caso grave de insolación y deshidratación, una torcedura en el tobillo y una leve contusión. Aunque se sintió conmovida por la cantidad de visitas que recibió, inevitablemente tuvo mucho tiempo para pensar.

Era irónico que hubiera encontrado la desgracia en uno de los islotes que moteaban el arrecife. «Y Hugh se preocupaba por mi seguridad en las montañas», pensó con cinismo.

Suspirando, miró por la ventana y se preparó para esperar con paciencia su recuperación. Era estúpido desear a Hugh, despertar cada mañana esperando que llegara, no poder evitar mirar a cada visitante con la esperanza de que aquella vez fuera él. Era mucho más sensato hundirse en un letargo, dejarse llevar por el régimen bondadoso e inexorable del hospital.

Cuatro días después, estaba harta del hospital, pero, como no tenía nadie que la cuidara en su casa, el médico insistió en que se quedara en el hospital duran-te un día más. Al menos la dejaron salir de la cama, aunque no le permitieron vestirse. Nadie le prestó mu-cha atención cuando bajó por la rampa hacia los jardi-nes, aunque una enfermera le advirtió:

—No vaya muy lejos.

Fue maravilloso estar levantada de nuevo. Respi-rando profundamente se dirigió a un banco situado a la sombra de un árbol que daba hacia el arrecife.

Blair permaneció sentada muy quieta escuchando el arrullo de las palomas, el sonido explosivo de una lan-cha en la playa y el ruido de un coche que llegaba hasta el hospital. Y entre todos aquellos ruidos vulgares, como un hilo reluciente en una tela sencilla, se oía el canto del pájaro tikau.

Blair estiró un brazo por el respaldo del banco y hundió su rostro en él, esperando a que el pájaro can-tara de nuevo. Cantó y, de pronto, sorprendentemente, sintió que la esperanza renacía en su corazón.

Las notas de aquel pequeño pájaro liberaron a su alma de la oscura desesperanza que la había aprisiona-do. Cuando levantó la cabeza dispuesta a enfrentarse a la vida, vio que allí estaba Hugh, mirándola con rostro duro e impasible.

—¿Hugh?

—Tamsyn me llamó por teléfono ayer —respondió él con aspereza, dando un paso hacia adelante—. Estuve a punto de arrancar el maldito aparato de la red. ¿Estás bien?

—Sí —respondió en voz baja—. Estoy bien. Ven y siéntate.

Hugh sacudió la cabeza, sonriendo con amargura.

—No me atrevo. No debería haber venido... No

pensaba volver jamás, pero tenía que asegurarme de que estabas bien.

—¿Por qué?

—Porque te amo —dijo él—. Porque si te ocurriera algo malo me moriría.

«Deberían tañer campanas», pensó Blair aturdida. «Deberían brotar fuentes. Deberían florecer rosas. Debería resonar una música magnífica e inspiradora».

Pero el único sonido que se oía era el latido de su corazón y el canto claro y evocador del pájaro tikau.

—Lo dices como si te pareciera terrible.

La voz le temblaba. Tenía la sensación de estar dando un salto al vacío, partiendo en una peligrosa búsqueda de un tesoro misterioso y desconocido.

—Yo también te amo. Pero eso tú lo sabes.

—Yo... yo tenía la esperanza de estar equivocado —respondió Hugh—. Si quieres —continuó al cabo de unos segundos—, puedo quedarme en tu casa a cuidarte.

—¿Quieres hacerlo?

—Sí. Sí, quiero quedarme.

Blair sonrió como si fuera una niña descubriendo el amor por primera vez. Pero, una vez que estuvieron en casa, no supo qué hacer. Tras su asombrosa declaración, Hugh había sido todo eficiencia, había conseguido que le dieran el alta del hospital con una velocidad y un encanto asombrosos.

Había algo diferente en él. No había cambiado; sin duda las barreras todavía estaban allí, pero no era el mismo Hugh. Blair trató de mantener bajo estricto control sus sentimientos, pero no podía impedir que se suavizara su rostro cuando lo miraba.

Tendría que tener mucho cuidado. No lo presionaría ni intentaría convencerlo de que aceptara ningún tipo de compromiso demasiado pronto. Su declaración de amor era un principio, no un fin.

Blair se dio cuenta, con horror, de que estaba casi agotada cuando fue desde el coche a la casa.

—Te he dicho que esperaras —le reprochó Hugh—, podría haberte traído en brazos.

Blair se apoyó en él, agradeciendo su fuerza.

—Mmm, hueles bien. Peso demasiado y, además, tengo que andar un poco, de lo contrario nunca me pondré en forma.

—Tu médico ha dicho que debías descansar otros dos días. Y no sería la primera vez que te llevara en brazos.

Hugh deslizó las manos por la espalda

—Has adelgazado mucho —dijo, casi con ira—. Estás frágil, demasiado delgada.

—Ya me recuperaré. En el hospital se han encargado de alimentarme bien.

—Mmm, eso está bien. Me gustas más gordita. Tersa y hermosa como una pantera dorada. Te quiero tanto...

A Blair se le llenaron los ojos de lágrimas. De pronto sorbió por la nariz, como una niña, y él rió con suavidad y la besó en la frente.

—A la cama —dijo con firmeza—. No deberías estar aquí de pie.

—Estoy apoyada en ti.

En respuesta, Hugh la levantó en brazos y, sólo después de una ardua negociación, la llevó a la terraza y la dejó con suavidad sobre el sofá.

—Quédate aquí —le ordenó, dándole un rápido beso en la boca—. Te prepararé una bebida fresca y podemos sentarnos a contemplar el atardecer.

—La cena...

—Viene en camino desde el hotel. Mañana la señora que te ayuda va a hacer las compras del mercado para nosotros y yo soy un buen cocinero, así que no necesitas preocuparte por nada.

Blair no pudo dejar de pensar que todo el dolor había merecido la pena a cambio de tener con ella a Hugh de nuevo. Después de cenar le preguntó:

—¿Habrías vuelto, si Tamsyn no te hubiera dicho que estaba en el hospital?

—No lo sé —dijo, estrechando su mano entre las suyas. Después sonrió con ironía y continuó—: Estoy mintiendo, ocultándome la verdad. Sí, hubiera vuelto. Nunca me he sentido tan desgraciado como en estas últimas semanas. La llamada de Tamsyn sólo ha precipitado las cosas.

—¿Te llamó para decirte que yo estaba enferma?

—No lo sé. Aparentemente llamó para hablar de Louise... pero creo que sabía lo que estaba haciendo cuando dejó caer esa bomba.

—Creí que nunca me perdonarías que te hubiera obligado a hacer el amor contigo la última vez.

—Es la cosa más excitante que me ha sucedido nunca —respondió él con una mirada radiante.

Un golpe súbito de deseo la estremeció. Hugh la hizo acurrucarse contra él y Blair se relajó en sus brazos.

—Me aproveché de ti —insistió ella—. Estaba preocupada por eso.

—Me desperté en cuanto saliste de tu dormitorio. No me moví cuando entraste porque te deseaba tanto o más que tú.

—Canalla —respondió Blair, medio riendo—. Me he estado preocupando durante todo este tiempo porque me parecía que había hecho algo parecido a una violación. Tú habías dejado muy claro que no querías volver a acostarte conmigo, pero yo hice imposible que dijeras que no.

—Te habría detenido si no hubiera querido que sucediera —dijo él, enredando una mano en el sedoso cabello de Blair—. Fue... no encuentro palabras para describirlo. Algún día tienes que repetirlo.

Sonriendo, Blair lo besó en el cuello. Tenía muchas cosas que enseñarle, pensó con el corazón rebosante.

—Te amo —susurró Blair.

—Y yo te amo a ti, más que a mi vida, más que a cualquier otra cosa, mi más rara y preciosa joya.

Su hermosa voz daba un nuevo significado a aquellas palabras.

—Tan hermosa —continuó.

Blair quería que la besara, quería perderse en el remolino de sensualidad, pero tenía suficiente sentido común para saber que no estaba en condiciones de hacer el amor. De cualquier manera, su ternura, tan nueva y extraña, le resultaba infinitamente preciosa.

—Vamos —dijo él casi de inmediato. Y se puso de pie—. Te llevaré hasta el baño para que te puedas lavar, y después te irás a la cama.

—Es demasiado pronto —objetó ella.

—Estoy cansado. No he dormido bien últimamente.

—Es curioso, porque yo tampoco.

Hugh la llevó al baño; estaban tan preocupado por su salud que consiguió conservar el control de la situación cuando la ayudó a bañarse, aunque ella lo atormentó con miradas ardientes y besos robados.

—Todavía no estás lista para las alocadas entregas con las que nos deleitamos, de modo que no me tientes demasiado —le reprochó.

Blair rió con suavidad y se inclinó hacia él de modo que sus senos rozaron su pecho.

—¿O si no qué?

—O si no nada— repuso él mientras la envolvía en una toalla—. ¿Quieres que te seque?

—No, porque me he estado tentando a mí misma también, y la verdad es que no estoy lista para hacer el amor.

Pero Hugh la secó y le puso un camisón. Después, la levantó en brazos y la llevó hasta la cama.

—¿Preferirías que durmiera en la otra habitación? —le preguntó.

—¡No, claro que no! El tobillo ya está bien, no me molesta mucho, y estando vendado no me dolerá aunque me dieras una patada. Y si mi memoria no me falla, dar patadas no es uno de tus defectos.

Hugh sonrió.

—No, creo que no.

Hugh se duchó con rapidez y volvió al dormitorio desnudo.

—Mmm —comentó ella, traviesa, deslizando la mirada por su magnífico cuerpo—. Me gustaría ser escultora.

Hugh se tumbó, apagó la luz y la hizo apoyar la cabeza en su hombro.

—Me alegro de que no lo seas.

—Uno de estos días —bostezó ella, sorprendida por el cansancio que la invadió—, voy a pintarte así. Y nunca voy a vender el cuadro.

—Espero que no.

Blair se quedó dormida pensando con alegría que al día siguiente descubriría por qué Hugh la había dejado tan repentinamente ambas veces. Sería el primer día de su vida juntos...

El teléfono la despertó a las pocas horas. Desgraciadamente, estaba en la mesilla del lado de Hugh.

—Alcánzamelo, ¿quieres? —dijo al fin, cerrando los ojos mientras Hugh encendía la luz—. ¿Diga? —murmuró un poco asustada por la hora de la llamada.

—¿Podría hablar con el señor Bannatyne? ¿El señor Hugh Bannatyne?

Blair abrió los ojos. Hugh estaba sentado en la cama. Aunque simulaba un bostezo, sus ojos estaban alertas y vigilantes.

—Es para ti —le pasó el auricular.

—¿Sí? —contestó Hugh con el ceño fruncido. Después de que la mujer hablara, dijo con una voz que hizo estremecer a Blair:

—¿Cómo está?

La voz del otro lado de la línea respondió.

—Está bien —dijo Hugh sin expresión—. Iré a casa mañana.

Estrelló el auricular sobre el aparato y se levantó.

—Llama a la Aerolínea Nueva Zelanda y diles que necesito un billete en el avión de las cuatro y media. Diles que es una emergencia. Después llama a un taxi.

Se metió al baño antes de que Blair pudiera preguntar qué estaba sucediendo. Cinco minutos después, Hugh tenía su asiento en el avión. El taxi fue un poco más difícil de conseguir, pero al fin logró convencer al encargado nocturno del hotel de que mandara a uno de los coches del mismo.

Con la muleta, Blair fue cojeando hasta el baño. Hugh se estaba afeitando; Blair quería preguntarle qué diablos estaba sucediendo, pero al ver sus ojos en el espejo la pregunta murió en sus labios. Nunca lo había visto tan frío, tan distante.

Blair esperó a que terminara para preguntar:

—¿Qué puedo hacer?

—Nada.

Blair volvió a su habitación y, con el estómago revuelto por un pánico enfermizo, preparó el equipaje de Hugh.

Cuando éste volvió a la habitación, ella se estaba poniendo una falda.

—¿Qué estás haciendo?

Blair lo miró. Hugh la contemplaba con unos ojos tan brillantes como el cielo de verano.

—Quiero ir a despedirte —respondió ella tajante.

—No.

—Yo...

Blair se interrumpió y respiró temblorosamente. Él estaba revisando sus papeles, arreglándolos: su pasaporte, su chequera. No había emoción alguna en las definidas y angulosas líneas de su rostro, ni rastro de suavidad, de ternura. Parecía una escultura en la que la mano hábil del escultor había desechado todo menos un aspecto de su carácter; una voluntad feroz y despiadada.

Blair esperó a que hubiera terminado, después se le acercó y se apoyó en él.

—Dime. ¿Qué pasa? ¿Qué ha sucedido?

—Mi esposa ha sufrido un ataque de apoplejía —respondió él, y la apartó con suavidad. Esperó con calculada cortesía a que Blair recuperara el equilibrio y después salió de su habitación.

Capítulo 7

BLAIR logró llegar hasta la cama y se desplomó sobre ella. La palabras de Hugh martilleaban espantosamente en sus oídos, impidiendo cualquier pensamiento.

Nunca, nunca había sentido tanto dolor. Inmóvil como un animal herido, permaneció en la cama en la que todavía podía aspirar el aroma de Hugh.

Tras un tiempo incalculable, se levantó y cojeó hasta el baño. Se sentía sucia. De modo que pasó largo rato en la ducha. Era una pena que no pudiera lavar su corazón del mismo modo.

Cuando salió, en el cielo brillaba el amanecer y el mar era una plácida sábana atravesada por un sendero rosado. Blair permaneció durante largo rato contemplando ese sendero. Sería tan fácil caminar hasta el agua y seguir ese sendero...

Al darse cuenta de la dirección que estaban tomando sus pensamientos, Blair se estremeció y dijo en voz alta, intentando recuperar su acostumbrada sensatez.

—El suicidio es una manera especialmente cobarde de resolver tus problemas.

No tenía ganas de comer, pero se obligó a sí misma a comerse una tostada y una taza de café. «Después de todo, no es la primera vez que te ha pasado. ¿Por qué no aceptar que tienes una suerte de perros en lo que concierne a los hombres?», pensó con cinismo.

O quizá fuera algún defecto que la hacía equivocarse siempre. Tony Keeper había sido el amor de una jovencita, era un vividor, bromista y popular. Ella estaba enamorada del amor, intoxicada por su primera experiencia. Cuando había descubierto su infidelidad se había quedado destrozada, pero se había negado a casarse con él a pesar de sus ruegos. O no lo amaba lo suficiente como para confiar en sus promesas de fidelidad eterna, o su respeto por sí misma había sido más fuerte que su amor.

Con Gerald había sido diferente. Se sentía físicamente atraída por él, pero mucho más atraída por su carácter responsable. Su dulzura.

Pero no había amado a Gerald. Lo había utilizado tal como él la había utilizado a ella. Ella se había casado con él porque pensaba que era bueno y considerado, porque el amor que le profesaba sanaba la herida causada por la mentira de Tony. Y él sólo la deseaba. Cuando ella no había sido capaz de hacer el amor, se había buscado a otra persona que pudiera.

Y Hugh... Hugh había mantenido a su esposa oculta mientras ella era su amante.

Pobre mujer.

Blair tomó su muleta y fue hasta su estudio, logró montar su equipo en el jardín frente a su casa, se mordió los labios y comenzó a dibujar el paisaje.

Eso ayudó, aunque hubiera preferido saber utilizar los sentimientos que hervían tras su tranquila fachada. Desgraciadamente, no se atrevía; eran demasiado profundos. De modo que produjo otro bonito y brillante acrílico muy adecuado para ser colgado sobre la repisa de una chimenea en Auckland o Melbourne o Nueva York y cuando terminó envolvió tres que estaban listos y los envió al hotel con Sina.

Asa quedó encantada con ellos, como siempre, y envió sus cumplidos con Sam, que fue a visitarla y la invitó a almorzar con él. Lo hicieron en el comedor del hotel mientras Sam le contaba a Blair el último episodio de su batalla contra su ex esposa.

Cuando Blair se levantó para irse, después de una comida que le había parecido interminable, vio a Tamsyn Chapman y a su esposo entrar en el comedor.

Tamsyn le dijo algo a su esposo. Él le sonrió y ella le devolvió la sonrisa y, en ese instante, Blair vio la clase de amor que ella quería, el amor que ella nunca iba a encontrar.

Un dolor agudo la obligó a bajar los ojos para ocultar su tristeza.

—¿Qué te pasa? ¿Estás bien? —preguntó Sam—. ¿Te duele el tobillo?

—Sam, será mejor que me vaya; estoy empezando a cansarme.

—Está bien, le pediré a alguien que te lleve. Estás pálida. ¿No te importa que salude antes a los Chapman de salida? No vienen a menudo a comer aquí.

Blair iba a tener que saludarlos. El color huyó de sus mejillas mientras cruzaba la habitación al lado de Sam, forzando una sonrisa. Los Chapman debían saber que Hugh era casado, sin embargo, ninguno se había tomado la molestia de decírselo. Probablemente creían que ella lo sabía, de modo que tendrían una muy baja opinión de ella. Y eso le dolía, porque ambos le agradaban.

Tras los saludos, Tamsyn dijo:

—Vamos a irnos esta semana, pero cuando volvamos tenemos que reunirnos, Blair. No trabajes mucho, ¿quieres? Todavía pareces cansada.

La preocupación parecía sincera. Blair sonrió.

—No, no lo haré.

—Una mujer agradable —comentó Sam en voz baja cuando se alejaron—. Él es duro como el acero, pero ella es una dulzura. Y, sin embargo, su matrimonio es sólido... bueno, sólo hace falta mirarlos para darse cuenta. Son un buen contacto para alguien como tú. Pueden ayudarte a hacerte famosa. Han comprado uno de tus cuadros, ¿no?

—Sí, el de los pescadores en la bahía.

—Eso está bien —le abrió la puerta del coche—. ¿Estás segura de que estás bien? Estás algo... distante, por decirlo de alguna manera.

—Tengo un ligero dolor de cabeza —admitió—. Probablemente se deba al calor y la humedad.

—Sí. Y creo que el tiempo va a empeorar. Ah, bueno, olvídalo. Uno se acostumbra. ¿Te veré en la fiesta de esta noche?

Todas las semanas el hotel organizaba una fiesta polinesia que incluía los bailes y tambores que daban fama a las islas. Blair algunas veces dibujaba el evento y vendía esos cuadros con increíble facilidad.

—No, esta noche no —respondió horrorizada ante la idea—. Quizá me acueste temprano.

—Buena idea —dijo Sam. Con su mejor mueca de Bogart, añadió—. Nos vemos, pequeña.

Aquella tarde no conseguía tranquilizarse. Terminó en la terraza, contemplando el mar.

Desde que había llegado a Fala'isi había disfrutado de la belleza de la isla y, en especial de aquel paisaje: las aguas verdes y azules de la laguna, la línea de espuma en el mar en el que las enormes olas del Pacífico chocaban con el coral y los islotes alzándose sobre el arrecife.

Pero en ese momento, Blair estaba tan encerrada en sí misma que no podía disfrutar de ninguno de los aspectos de Fala'isi.

Blair no sabía que la tristeza podía ser como una enfermedad maligna. Sin embargo, se negaba a ceder ante ella. Apretando los dientes, se levantó y entró en el estudio. Siempre podía refugiarse en su trabajo.

Aquel pensamiento la sostuvo durante las semanas siguientes.

El tobillo sanó, los dolores de cabeza cedieron y, aparentemente, estaba completamente recuperada. Pero necesitaba de toda su energía para luchar contra la languidez que la invadía.

Una tarde, al volver a casa se encontró una nota de Sina. Tamsyn Chapman estaba tratando de ponerse en contacto con ella.

A Blair le gustaba Tamsyn, pero le resultaba un poco difícil perdonarla por no haberle dicho nada del matrimonio de Hugh. Mordiéndose el labio, tiró la nota a la papelera. Estaba acalorada y sudorosa. Después de bañarse, decidiría lo que haría con la invitación. Pero cuando estuvo limpia y fresca continuaba sudando.

Se dirigió a la cocina. Aquella noche iba a prepararse un plato de pescado. No estaba comiendo mucho, excepto fruta, pero eso se iba a terminar. Ayunar no la iba a ayudar en nada. Se sirvió un vaso de zumo de lima y acarició una de las flores de hibisco que había en un ramo sobre la encimera, preguntándose si sería capaz de plasmar aquella textura satinada y su magnífica forma. Lo había intentado varias veces, pero no había conseguido captar las esquivas cualidades que ella deseaba transmitir.

Aquello era muy difícil. El trabajo terminado era invariablemente sólo un pálido reflejo de lo que ella quería conseguir. Sonriendo con ironía, se preguntó si Da Vinci o Picasso habrían maldecido la fragilidad de la técnica, la brecha entre la imaginación y la mano, que mantenía a las más brillantes imágenes encerradas eternamente en el cerebro.

Más allá de la terraza, el mar la llamaba. Los colores del mar y el cielo iniciaban un cambio sutil que señalaba el instante en el que el día estaba muriendo. Blair se desplomó sobre los cojines de un sillón de mimbre y trató de descifrar qué era, con exactitud, lo que indicaba el final del día.

Sopló una leve brisa, Blair bebió el zumo de lima sin saborearlo. La tranquilidad del atardecer debería tranquilizarla, pero no lo hacía. Una insoportable tensión mantenía su dolor en carne viva.

Cuando lo vio acercarse por la playa, pensó que era una alucinación. Peo al reconocer su andar felino y aquella amenazadora figura, se dio cuenta de que Hugh había vuelto.

Su primer pensamiento fue de alegría, pero casi al instante, ésta fue reemplazada por una furia inmensa y brutal. Incapaz de moverse, lo miró mientras subía los escalones de la entrada y se dirigía hacia ella.

—¿Cómo está tu esposa? —le preguntó, maravillándose por la tranquilidad que reflejaba su voz.

—Ha muerto.

—Lo siento —dijo en voz baja.

Hugh no se movió, pero ella sintió su rechazo con tanta claridad como si lo hubiera expresado en voz alta.

—¿Y qué estás haciendo aquí?

—Te debo una explicación —respondió él.

Blair se puso de pie.

—No me debes nada —dijo entre dientes—. No me hiciste ninguna promesa. Sólo márchate, ¿quieres? No quiero verte aquí.

Hugh le dirigió una mirada tan desprovista de emoción que Blair tuvo que contenerse para no dar un paso atrás.

—Lo siento —repuso Hugh inesperadamente—. No quería hacer daño a nadie. Sólo era una aventura con una mujer que tenía experiencia, que conocía las reglas del juego. Nadie, y mucho menos Gina... mi esposa... saldría lastimado. Pero no fue así.

—¡Bastardo!

—Pronto me di cuenta de que te deseaba bastante más de lo que estaba dispuesto a admitir. A decir verdad, en muy poco tiempo me obsesioné contigo. Y cuando al fin hicimos el amor, deseaba que fueras para mí... exclusiva y solamente mía. Vivíamos en nuestro propio paraíso privado. Debería haberme imaginado que la vida me obligaría a perder aquel paraíso.

—¿Por qué volviste la primera vez? Si no hubieras vuelto, podría haber...

—¿Haberme olvidado? Sí, eso era lo que yo temía. Por eso tenía que volver. Y cuando lo hice, me volví completamente adicto a ti. De modo que acallé mi conciencia. Me dije a mí mismo que merecía un descanso varias veces al año, que nadie me echaría de menos si me quedaba un par de días más en mis viajes a Nueva Zelanda.. Pensé que podía tenerlo todo.

—¡Yo era tu segundo plato!

—Tú eres una mujer inteligente, lista y sensual y yo te amaba. Gina no perdía nada...

—¡No! —lo miró iracunda—. Así fue como mi ex esposo se disculpó por su aventura: «Tú no querías hacer el amor», «tú ya no me deseabas, de modo que no podía hacerte daño que yo tuviera una aventura con Joanne». Yo estaba intentando recuperarme, lo estaba intentando con todas mis fuerzas y durante todo el tiempo él estuvo...

Blair se interrumpió, tomó aliento y encerró el dolor y la desilusión.

—No tiene importancia. Si hubiera sabido que estabas casado...

—¡Deberías haberlo sabido ! —exclamó él—. O por lo menos deberías habértelo preguntado.

—A veces me lo pregunté —sonrió con amargura—. Pero me decía a mí misma que, si estuvieras casado, los Chapman lo sabrían y me lo dirían. No podía imaginarme que estuvieran tan acostumbrados a ese tipo de cosas.

—No lo están.

Hugh la miró en silencio durante largo rato.

—Tú nunca preguntaste. Cualquier otra mujer hubiera preguntado, pero tú no lo hiciste.

Tenía razón, desde luego. Pero Blair no había querido preguntar nada por la sencilla razón de que había borrado cualquier idea de matrimonio de su mente.

—¿Qué endemoniada clase de hombre crees que soy? ¿Por qué otra razón podría haberte dejado en Fala'isi, si no fuera porque estaba casado?

Porque no la amaba. Eso era lo que ella había pensado.

—Quizá sí me lo pregunté —admitió— pero supongo que no quería enfrentarme al hecho de que podrías estar casado.

Porque si lo hubiera sabido, no habría habido aventura alguna.

—Quiero que te marches —dijo Blair con firmeza—. No quiero volver a verte, Hugh. Tú no me debías nada más que la verdad.

El corazón le dolía, pero más fuerte que eso era su furia por haber sido engañada.

Hugh no suplicó, desde luego. Después de dirigir una mirada serena al rostro orgulloso e inflexible de Blair, dijo con frío dominio de sí mismo:

—Muy bien —y la dejó.

Lentamente, casi tambaleándose, Blair entró en la casa.

El teléfono sonó en ese momento. Lo miró, asustada y después estiró la mano para alcanzar el auricular. Era Tamsyn Chapman.

—¿Te apetecería que quedáramos para tomar el té? —tomando el silencio de Blair como asentimiento, prosiguió—. ¿Qué te parece pasado mañana?

—Yo...

—¿Te parece bien a las cuatro en punto? Enviaré un coche a buscarte.

Y colgó.

«Evidentemente una mujer decidida», pensó Blair.

Cuando aquel día llegó, estaba resignada a ir. Se maquilló con sumo cuidado, ocultando con mano hábil los indicios de las noches en vela, y se puso un vestido de seda de color salmón.

El coche la dejó en la puerta del domicilio de los Chapman, donde la estaba esperando Tamsyn. Entraron y llegaron a un bello saloncito.

—Es precioso, ¿no te parece? —comentó Tamsyn al ver a Blair mirar a su alrededor—. Estos muebles pertenecieron a la abuela de Grant.

Una doncella llevó el té; Tamsyn lo sirvió y luego clavó en Blair una mirada sorprendentemente severa.

—¿Qué le has hecho a Hugh? —preguntó.

—Nada.

—Entonces, ¿por qué tiene ese aspecto? —Tamsyn suspiró—. Oh, se que todavía estás enfadada con él, que lo culpas por haberse enamorado de ti mientras su esposa vivía, pero, ¿no crees que tenía alguna razón? Yo no apruebo el adulterio, pero, ¿quién, sino Hugh, se hubiera quedado con ella? ¡O se hubiera casado con ella, para empezar! Nunca he conocido a nadie con ese sentido de la responsabilidad.

—Yo no sé nada acerca de su matrimonio —dijo Blair con dureza.

—¿No quisiste oír nada de lo que tenía que decirte?

—¿Qué podía decir? Créeme, he oído todas las excusas. Justo antes de marcharse me dijo que su esposa había sufrido un ataque de apoplejía. Eso fue todo. Era la primera vez que yo oía algo de la esposa y, como puedes comprender, me quedé destrozada.

—Oh. Así que ha conseguido liarlo todo, ¿no es así? Lo cual me sorprende, porque Hugh no hace ese tipo de cosas. Siempre sabe exactamente lo que hace. Debes haberlo trastornado por completo. Bebe. Tienes muy mala cara. Quizá debería traerte algo más fuerte.

—No, gracias —Blair sorbió el té sin saborearlo.

—De modo que lo echaste sin escucharlo. Pero, ¿por qué? Cuando él ya estaba libre de aquella desdichada mujer... oh, no debería decir eso; todo el mundo la compadecía por su enfermedad, pero no tenía derecho a hundir a Hugh con ella...

—Mira, he dicho que no sabía nada acerca del matrimonio de Hugh y no lo sé. De todas formas no me importa, todo ha terminado.

—Si todo ha terminado, entonces, ¿por qué volvió él?

—Pensaba que me debía una explicación.

—Bueno, pues sí te la debía. ¿Por qué no quisiste escucharlo?

—Yo puedo perdonar casi todo excepto las mentiras.

—De modo que ahora vagas por la isla con cara de espectro, matando de preocupación a tus amigos y a Sina mientras Hugh se mata trabajando en Nueva Zelanda. ¡Louise ha pasado el fin de semana en su casa y se ha quedado tan preocupada por el aspecto que Hugh tenía que me ha llamado para decirme que lo invitáramos a pasar unas vacaciones!

—Una conciencia culpable puede ponerte así, tengo entendido.

—¿Por qué debería sentirse culpable?

—¡Porque se acostó conmigo teniendo una esposa, maldición! —contestó con los ojos llenos de lágrimas.

—Escucha, no puedo hablar del matrimonio de Hugh... eso le corresponde a él... pero conocerte ha sido lo mejor que le ha pasado jamás. Estábamos preocupados por él, pero vimos cómo poco a poco iba relajándose y, sinceramente, fue como ver un río seco llenarse de agua. Ese matrimonio le ha costado tanto que entran ganas de llorar de sólo pensarlo. Él era una persona completamente diferente, muy divertido. Las mujeres lo asediaban. Era inmensa, deslumbradoramente atractivo, casi irresistible. Durante estos últimos seis años lo hemos visto retraerse cada vez más y ha sido un infierno para todos sus amigos.

—Para su esposa también, sin duda.

—Está bien, no te culpo por sentir amargura; debería habértelo dicho, pero creo que tenía miedo.

—¿Hugh? *¿Miedo?*

—Es sólo un hombre —dijo Tamsyn llanamente—. A pesar de ese riguroso dominio de sí mismo, sufre y siente como el resto de nosotros. La lealtad es importante para él y sufría sabiendo que Gina odiaría que te hubiera encontrado a ti.

—Cualquier esposa lo haría.

—¡Sí, pero Gina no tenía derecho!

—Me extraña que digas eso —murmuró Blair—. La mayoría de las mujeres pensarían que tenía derecho a oponerse a que su marido tuviera una aventura. Yo me opuse, y sé que, sin embargo, para mi ex esposo existían circunstancias atenuantes.

—No sabía lo de tu ex esposo, pero Hugh es diferente. ¡Oh, qué lío! Blair, ¿no podrías al menos escucharlo? Estás tratando con un hombre tan obsesionado con su honor y su integridad, que se desprecia a sí mismo por haber conseguido un poco de felicidad.

—Yo también lo desprecio —dijo Blair con fiereza—. Hugh la robó, no la consiguió.

—Y supongo que le dijiste eso...

—No exactamente, pero estoy segura de que entendió el mensaje.

—De modo que está convencido de que nunca vas a perdonarlo. ¿No podrías ceder?

—Me temo que no.

—Estoy segura de que todo es un malentendido. Tienes que hablar con él. Es importante que oigas lo que tiene que decirte.

—No serviría de nada —dijo, cansada—. Todo ha terminado.

—Bueno, por lo menos lo he intentado —suspiró Tamsyn—. Espero que nunca te arrepientas de esto.

Blair alzó los hombros.

—Yo también.

Al día siguiente, estaba examinando una extraña caracola rosa que había encontrado en la arena cuando oyó a alguien gritar desde el otro lado de la casa:

—¡Blair! ¡Eh, Blair Doyle! ¿Hay alguien en casa?

En la entrada principal había una mujer alta y delgada, vestida con un pareo en tonos de lila, malva y gris.

A su lado, Blair se sintió zarrapastrosa, pero sonrió.

—Yo soy Blair Doyle.

—Bueno, si de verdad sabes pintar, tenemos un futuro —dijo la recién llegada—. Te advierto que con tu aspecto podrías vender aunque no supieras pintar. Pero si ése es el caso, no seré tu agente.

Blair arqueó las cejas. La otra mujer sonrió y le tendió la mano.

—Soy Rilla Baker y soy dueña de una galería de arte en Auckland. Estoy alejada en el hotel Coral Sands y al ver tu trabajo... he dicho que creía que era una lástima que no estuvieras haciendo algo en lo que no emplearas toda tu inteligencia y tu talento... la encargada del negocio ha insistido en que sí lo hacías y me ha mandado aquí.

Blair le estrechó la mano, sintiéndose como si estuviera delante de una apisonadora.

—Será mejor que pase y eche un vistazo —dijo secamente.

—Estaba esperando que dijera eso.

Rilla Baker examinó los lienzos con rapidez, pero su velocidad no engañó a Blair. Era evidente que sabía lo que estaba haciendo; emitió varios murmullos de aprobación, frunció el ceño ante otros, se mostró indiferente con muy pocos, y en todos los casos, su opinión coincidió con la de Blair.

—Está bien —dijo, cuando terminó—. Sí, podemos hacer algo con eso.

—¿Sabe que en Auckland se me conoce como decoradora —le preguntó Blair.

—¿Decoradora? ¿De casas? ¿Sofás en forma de bocas y cosas por el estilo?

—No exactamente. Fui socia en Decoradores Inc. hasta el año pasado. No hacíamos sofás con forma de bocas.

—¡Ah! ¿La compañía de Tegan Sinclair? Entonces conozco tu trabajo. Me gusta el estilo. Sobrio, pero interesante, y siempre teniendo en cuenta que una casa es un lugar en el que se vive. Mmm, ¿y que tiene que ver el ser decoradora con el hecho de que no te haya contratado ninguna galería?

—No me da mucha credibilidad en el mundo del arte.

—Eso sólo va a importarle a alguno que otro purista. Ignóralo. Quiero que te unas a mi grupo de artistas más jóvenes, Blair Doyle. Creo que tienes lo que busco. ¿Quieres hacer las cosas de la manera más difícil, con abogados, o te conformas con un apretón de manos?

—Una de las cosas que aprendí siendo decoradora fue que había que ser prudente. Me gusta que las cosas estén firmadas y selladas. Dígame lo que ofrece.

—Recelo y una buena cabeza para los negocios. Me gusta eso. Muchos artistas creen que ambas cosas están por debajo de ellos y eso me hace la vida endemoniadamente difícil. Bueno, primero montaremos una exposición, luego me quedaré todo lo que puedas producir. No los cuadros que vendes en la tienda... afortunadamente has utilizado otro nombre para esos; no echarán abajo el valor de tu verdadero arte.

—Me parece aceptable —dijo Blair—. Sin embargo, me gustaría un contrato por escrito.

—No hay problema. Casualmente, llevo uno en el bolso.

—¿Esperaba encontrar a un pintor para su galería aquí?

—Nunca desperdicio una oportunidad —repuso Rilla Baker, sonriendo con aire misterioso.

Blair asintió.

—Le daré la respuesta definitiva mañana.

—Me parece justo —Rilla Baker miró a su alrededor.

—Es un lugar agradable. ¿Es suyo?

—No —Blair explicó lo que estaba haciendo allí y la otra mujer suspiró.

—Es sorprendente cómo algunas personas tienen tanta suerte. ¿Durante cuánto tiempo vas a estar aquí?

—Hasta fin de año.

—Qué bien. A éste... lo llamaremos tu período tropical... y después puedes comenzar con un período de Auckland. A los nativos de Auckland les gusta comprar cuadros de Auckland. Vendré mañana a las once.

Blair miró la tarjeta que tenía en la mano y se preguntó si habría sido un sueño.

Sonriendo con ironía, se dirigió hacia el teléfono.

Media hora después, colgó el auricular. Tegan no sólo había oído hablar de Rilla Baker, sino que se entusiasmó tanto, que hizo ponerse a Kieran al teléfono. Él repasó el contrato con Blair, cláusula por cláusula, antes de decirle que no firmara nada hasta que él tuviera la oportunidad de investigar a la galerista.

—Envíame una copia por fax.

«Otro hombre frío», pensó Blair secamente, al colgar. La única debilidad de Kieran parecía ser su esposa mientras que a Hugh evidentemente no le había preocupado la suya en lo más mínimo.

¿Qué clase de matrimonio habría tenido? A juzgar por las referencias de Tamsyn Chapman y por su ligereza a la hora de juzgar su adulterio, no había sido convencional.

Pero, cualesquiera que fueran las circunstancias, no podían cambiar el hecho de que Hugh se había casado con Gina y que le debía fidelidad.

Blair se mordió el labio para controlar el dolor y trató de pensar en otra cosa.

Kieran llamó al día siguiente y no sólo le dijo que el contrato parecía un documento razonable, sino que el nombre de Rilla Baker estaba perfectamente limpio.

—¿De modo que crees que debería firmarlo?

—Eso depende de ti —respondió él—, pero no hay ninguna razón para que tengas dudas al respecto. Es una mujer honrada y tiene muy buena reputación, tanto entre los artistas como en el mundo del arte... lo que es, me imagino, poco común.

—Está bien, entonces lo firmaré. Gracias por todo.

—De nada —dijo él, divertido—. Tengo que hacer todo lo que pueda por la madrina de mi heredero.

—¿Estás convencido de que va a ser un chico?

—Qué comentario tan machista, Blair. ¿Por qué no puede una mujer heredar un banco?

Rieron juntos y, después de despedirse, colgó, tratando de ignorar la sensación de pérdida que la invadía cuando pensaba en el matrimonio de Tegan y Kieran. Aunque probablemente no era de pérdida, sino de envidia.

Rilla Baker quedó complacida con su decisión de firmar y la invitó a un almuerzo con champán, tras el cual se concentraron en los negocios.

—Quiero montar una exposición dentro de seis meses —le dijo a Blair—. Pequeña, pero exclusiva, con tus mejores obras. Comenzaré la publicidad en cuanto regrese. Creo que tienes el potencial para convertirte en una excelente artista.

Un año atrás, esas palabras hubieran dejado extasiada a Blair. Tres meses atrás, la hubieran llenado de alegría. El que no lo hicieran en ese momento era una cosa más de la que podía culpar a Hugh.

—Espero que sí.

—No suelo respaldar a perdedores —repuso Rilla con firmeza—. Ni siquiera...

—¿Ni siquiera...?

—¿Eh?

La mujer se enderezó y miró hacia el otro extremo de la habitación.

—Lo siento, me ha parecido ver a alguien que conozco, pero estaba equivocada. No, tengo una reputación que mantener. La gente está empezando a darse cuenta de que en mi galería puede encontrar obras buenas de alguien que no es demasiado caro y tiene probabilidades de llegar a ser un nombre importante.

—Estoy segura —se apresuró a responder Blair.

—Bien, entonces eso está aclarado. Me llevaré todos tus cuadros. Tendrán que ser enmarcados correctamente, desde luego. ¿Qué tipo de marcos te gustarían?

Estuvieron hablando de los marcos durante un rato

y después llegó el momento de que Blair se marchara.

—Disfruta del resto de tus vacaciones —dijo, tras agradecer a Rilla la comida.

—Me marcho en el avión de las cuatro y media, mañana por la mañana —le informó Rilla con una mueca expresiva—. Tú sigue pintando. Concéntrate en la serie de Vidas Pasadas. Ese autorretrato tuyo en el agujero es excepcional y las pinturas de las montañas también son buenas. Quiero ese tipo de cosas. Ah, y también me gustan las flores. Se venderán como pan recién hecho. Sigue así y duerme un poco más. Las ojeras no te sientan bien.

Blair rió.

—Es la primera vez que te veo reírte —comentó Rilla—. Te sienta bien.

—Gracias. Buen viaje de vuelta.

—Igualmente.

Pero para ella ya no había ninguna posibilidad de retorno, pensó Blair, mientras caminaba por la playa. Hacía más de dos meses que Hugh le había tirado la bomba y se había marchado de su vida y ella todavía lo añoraba. En vez de disminuir, el dolor se había vuelto más fuerte.

Fala'isi ya no era un paraíso. Cuando miraba el futuro, veía sólo el dolor que debía haber carcomido los corazones de Adán y Eva cuando habían sido expulsados del Edén.

Capítulo 8

ESTÁ bien —dijo Rilla con firmeza—. Eso es todo. Ha sido un éxito rotundo, pero ya es hora de irse a casa.

Dirigió una sonrisa brillante a las pocas personas que quedaban en su galería.

—¡Casi tres cuartas partes de los cuadros vendidos, y el viejo Firkin hablando de una nueva Rita Angus! Queridos, os concedo un último brindis... ¡Por Blair Doyle!

Blair sonrió, pero a continuación protestó:

—¡Yo no me parezco en nada a Rita Angus y mi obra no es la de ella!

—Por supuesto que no, pero Firkin tiene razón... tienes ese toque que es reconocible al instante. Blair, ¿por qué no te llevas a la señora Sinclair a casa? Parece agotada y tu amiga está demasiado embarazada para mi tranquilidad.

Todos rieron.

Blair y Tegan no tardaron en llegar a la hermosa casa en la que vivían los Sinclair. Kieran llegó a casa cuando ellas estaban tomando un té y charlando sobre la velada. Él escuchó con interés el relato de Tegan, prometió ir al día siguiente a ver la exposición y, de alguna forma, sin decir palabra, logró llevar a su esposa a la cama diez minutos después de su llegada.

«Es un hombre con estilo», pensó Blair mientras

cerraba la puerta de su dormitorio. Normalmente se hubiera alojado con sus padres, pero estaban de viaje y la casa estaba en ese momento cerrada.

Blair se desnudó y se puso una enorme camiseta. Se acababa de meter en la cama cuando llamaron a la puerta y entró Tegan, envuelta en un camisón de seda que la hacía parecer maternal y a la vez seductora. Blair decidió pintarla así y regalarle el cuadro a Kieran por Navidad.

—Maldición —dijo Tegan con una sonrisa—. ¡No es justo! Estás maravillosa, mientras que yo parezco un elefante. Me alegro de que haya salido todo tan bien. Me siento terriblemente impresionada al tener a una artista tan famosa por amiga.

—Tonterías. Me tienes a mí por amiga, eso es todo. Una exposición no basta para conquistar la fama.

Tegan se sentó en el borde de la cama.

—Me alegro de que nos hayas dejado escoger primero. Me encantan esas flores de hibisco... no entiendo cómo un cuadro de flores puede transmitir el misterio de las islas del Pacífico Sur, pero tú lo has conseguido. Siempre he sabido que eras lista, pero no sabía exactamente cuánto. ¿Eres feliz, Blair?

—Más o menos —respondió con tranquilidad—. Pero echo de menos a Hugh tanto como hace seis meses. Tengo la terrible sospecha de que lo voy a echar de menos durante el resto de mi vida.

—Es parte del precio que hay que pagar cuando te enamoras. Si le sucediera algo a Kieran... Bueno, no es probable. Blair, ¿vas a dejar para siempre a ese hombre? No me parece propio de ti, tú siempre has sido una luchadora.

—Me mintió, Tegan. Para él yo sólo fui su amante, y estoy harta de ese tipo de hombres.

—¿Alguna vez le hablaste de Gerald? ¿Y de ese detestable hombre de Medio Oriente?

—De Gerald sí, pero no del otro. Y en realidad no era detestable. Sólo... diferente. ¿De qué serviría hablarle de él?

—Al menos él comprendería por qué te molestaron tanto sus mentiras.

—Estaba casado, Tegan. Le debía fidelidad a su esposa. De cualquier forma, todo ha terminado.

—No soporto verte tan triste —repuso Tegan, ceñuda—. Me gustaría decirle a ese canalla lo que pienso.

Conmovida por su lealtad, Blair sonrió y le dio la mano. Permanecieron así por un momento hasta que Blair dijo con voz tajante:

—No es el fin del mundo. No soy la única que se ha enamorado de la persona equivocada. Me repondré, no es la primera vez que me enamoro.

—Por supuesto que sí —pero Tegan no parecía convencida—. Pero esta vez ha sido más profundo, ¿no?

—Sí —respondió Blair—. Nunca había sentido nada parecido antes. Fue como una transformación. Supongo que tú sabes de eso.

Tegan sonrió y se puso de pie.

—Sí —murmuró en voz baja—. Yo sé de eso. Espero que todo salga bien. Mereces ser feliz.

—La felicidad es sólo cuestión de suerte. Vete a la cama; es demasiado tarde para estar filosofando y, Kieran va a venir a buscarte dentro de pocos minutos.

—Es demasiado protector —admitió Tegan con una sonrisa radiante.

Cuando se marchó, Blair apagó la luz y se tumbó. Nunca había esperado tener tanto éxito en una exposición. Debería estar complacida; maldición, estaba satisfecha, pero su triste soledad, siempre presente, opacaba la brillante luz de su éxito.

Blair se mordió el labio, odiando las lágrimas que llegaban con tanta frecuencia en la oscuridad. Los últimos seis meses habían sido muy productivos, sin embargo ella todavía sentía el dolor de un frío vacío; los pequeños triunfos de la vida no eran nada frente a la pérdida del único hombre al que verdaderamente había amado.

Y él también había dicho que la amaba. Eso era lo que le dolía. La había engañado para que creyera en él.

Sin embargo, ella no iba a permitir que eso arruinara su vida; construiría para sí una existencia feliz sin Hugh.

Durante el desayuno, al día siguiente, Tegan le entregó el periódico diciendo:

—La crítica es excelente, aunque insisten en compararte con Rita Angus.

Blair leyó la crítica.

—Bueno, estoy impresionada —murmuró—. Y ni una palabra sobre mi pasado como decoradora.

—¿Por qué debería haberla? —preguntó Kieran—. Aparte de demostrar que tienes talento artístico, ¿es relevante?

—¡Vamos, Kieran, tú sabes tan bien como yo que lo verdaderamente relevante tiene muy poco que ver con la mayoría de las críticas!

Kieran se puso de pie riéndose y le dio un beso a su esposa.

—No te excedas —le ordenó—. Os veré por la noche.

Tegan salió a despedirlo. Cuando reapareció, Blair le preguntó:

—¿Qué vas a hacer hoy?

—Oh, me espera una mañana ocupada. Una visita al médico, para que me tome la presión sanguínea y escuche el latido del corazón del bebé y me diga que estoy desagradablemente saludable y que ya no falta mucho; después una conferencia con Andrea en la oficina; luego algunas compritas. ¿A qué hora tienes que estar en la galería?

—A las diez —Blair disimuló un bostezo—. Aunque creo que iré media hora antes.

—Entonces, nos veremos esta tarde.

—Sí. Rilla va a invitarme a comer; quiere que hablemos del plan de batalla. Supongo que volveré a media tarde.

La galería estaba todavía cerrada cuando llegó. Por supuesto, no abría hasta las diez. Irritada, Blair se volvió de nuevo hacia el ascensor, luego cambió de opinión. El despacho de Rilla estaba en el mismo pasillo; entraría por ahí.

Al menos que ésa también estuviera cerrada. No, estaba entreabierta, de modo que Rilla debía estar allí. Blair levantó la mano para llamar, pero luego se quedó paralizada. Una voz que reconoció al instante dijo algo que no alcanzó a entender, pero sí comprendió la respuesta de Rilla.

—Mira, Hugh —estaba diciendo ella—. Conozco mi trabajo. Confié en ti cuando dijiste que era buena, ahora tú...

Blair empujó la puerta hasta que se abrió del todo y permaneció como una estatua de piedra. Acababa de comprender lo que significaba la presencia de Hugh en aquel despacho: todo eran mentiras.

Hugh había enviado a Rilla a Fala'isi con instrucciones de contratar a Blair. «Sin duda quería que yo quedara bien situada para no tener que sentirse culpable», pensó Blair con amargura.

Sofocando los nervios, Blair dio media vuelta y echó a correr hacia el ascensor, que todavía no se había movido, empeñada en escaparse antes de que Hugh pudiera decir algo, antes de que él y Rilla intentaran justificar lo que le habían hecho.

—¡Blair! ¡Detente! —gritó Hugh.

Pero Blair consiguió meterse en el ascensor antes de que la alcanzara y presionó el botón que la llevaría hasta el sótano. El aparcamiento estaba vacío. Frenética, corrió hasta el coche y cuando estaba llegando a él, vio a Hugh bajar corriendo las escaleras, como un demonio vengador. Blair se metió en el coche y lo puso inmediatamente en marcha. Cuando llegó a la salida no había señas de Hugh, ni de ningún otro coche. Exhaló un suspiro tembloroso; se relajó un poquito y se dirigió hacia Remuera.

Vació a propósito su cerebro de todo lo que no fuera la necesidad de concentrarse en el tráfico. Pero, sólo por si acaso él la hubiera seguido, condujo hasta Domain y se quedó allí, acurrucada durante una hora en un asiento debajo de una enorme higuera, frente a la Bahía Moreton, con la mirada perdida en el puerto. Trató de controlar el desorden de los sentimientos que la atormentaban, pero sólo podía pensar en la traición.

¡Tonta, tonta! Lo había vuelto a hacer, había vuelto a permitir que la engañara. Al menos, se dijo, tendría tiempo para pensar en lo que podía hacer antes de que Tegan volviera a casa.

Pero cuando estaba insertando la llave en la cerradura de la casa de los Sinclair, oyó el ruido de un coche. Era un BMW, con Hugh al volante.

El pánico la invadió; entró corriendo e intentó en vano cerrar la puerta. Hugh la siguió. Sin pensar, impulsada por un miedo totalmente irracional, corrió escaleras arriba, empeñada en llegar hasta su dormitorio. Podía cerrar con llave esa puerta.

Pero Hugh estaba cerca. Su respiración resonaba con aspereza en la casa silenciosa. Jadeando, Blair logró cerrarle la puerta de un golpe en las narices y girar la llave de la cerradura.

—¡Abre esta maldita puerta! Si no la abres, Blair, la tiraré.

Blair retrocedió asustada, pero al cabo de un segundo el pánico desapareció. No, Hugh no haría una cosa así. Él siempre estaba totalmente controlado, era incapaz de destrozar una puerta.

—Por última vez, Blair, abre la puerta.

Estaba tratando de intimidarla, de engañarla para que abriera la puerta. Apretando las manos silenciosamente, para detener su temblor, ella esperó, tensa a que se marchara.

Un estrépito desgarrador la hizo soltar un gemido.

—¡Basta! —susurró.

—¡Abre la puerta!

Pero Blair estaba demasiado pasmada para hacer nada. Se limitó a contemplarlo mientras él derribaba la puerta a patadas y entraba.

—Vete —dijo Blair con voz temblorosa.

Hugh siguió avanzando, llenando la habitación con su presencia, contemplándola con su mirada intensa de depredador. Enloquecida por el miedo, Blair le dio una bofetada.

—Eso no te va a llevar a ningún lado —repuso Hugh con una fría sonrisa.

—Lárgate de aquí o yo... yo —gritó Blair.

—¿Tú qué? —preguntó él con insolencia—. ¿Me vas a echar? Inténtalo, Blair.

—¿Estás loco?

—Muy posiblemente —la observó fijamente mientras deslizaba una mano por su brazo y con la otra la abrazaba para mantenerla quieta.

—No —gritó ella e intentó soltarse al ver el deseo brillar en sus ojos.

—No luches contra mí —susurró él—. No quiero hacerte daño.

—Siempre me estás haciendo daño. Y yo no te deseo, Hugh.

—¿No? —Hugh sonrió.

Cuando Blair abrió la boca para maldecirlo, la besó con una pasión que no intentó disimular.

Casi sollozando, Blair le devolvió el beso, olvidándose de todo el resentimiento y el dolor. Enredándose en besos y caricias terminaron juntos en la cama.

A partir de ese momento, Blair fue incapaz de hilar un solo pensamiento coherente.

La joven comprendió que Hugh tampoco estaba dispuesto a ponerse ningún freno por la forma que le temblaban las manos cuando la acariciaba y en la dura tensión de sus músculos cuando ella lo tocaba.

Hugh le arrancó la ropa y después se desprendió de la suya. Blair no intentó detenerlo... necesitaba tanto como él aquella furiosa rendición al deseo.

Cuando al fin Hugh se tumbó sobre ella, Blair se alzó para recibirlo y aquello fue una fusión total de cuerpos y de espíritus que trasladó a la joven a otro mundo.

Cuando al cabo de unos minutos, Blair consiguió recuperar la cordura y el ritmo normal de su respiración, le preguntó con despecho:

—¿Por qué no te compras una mujer, por amor de Dios? Eso es lo único que quieres, una mujer dulce y complaciente, para llevártela a la cama. Hay muchas por ahí. ¿Por qué tienes que obligarme a hacer algo que no quiero?

—¿Obligarte? —preguntó Hugh mientras se tumbaba a su lado.

Enfadada y alegrándose de haber logrado romper su

dominio de acero, aunque fuera durante un segundo, ella insistió:

—Yo no quería esto.

—Estás tratando de convencerte a ti misma —repuso Hugh con voz firme y resuelta—. Ningún otro hombre podría hacer eso por ti, al igual que no hay ninguna otra mujer que me haga sentirme así. Te deseo a ti. Quiero oírte reír, despertarme por la mañana contigo, hablar contigo y calentarme con tu bondad y tu inteligencia y el intenso fuego que tanto te esfuerzas por ocultar detrás de esa máscara de indolencia y risa, aquello que sólo los que compran tus pinturas saben que está allí.

—¿De modo que deseas a la artista?

Hugh parecía estar hablando en serio, pero Blair todavía tenía miedo.

—No todos los artistas llevamos vidas bohemias, sabes. No quiero volver a ser tu amante.

—Lo sé —respondió él en voz baja—. Si pensara que respondes así a todo hombre que te mira y te desea, créeme, no me verías ni en sueños.

—No sabes que no lo hago.

Hugh soltó una carcajada.

—¡Blair, si fueras una mujer promiscua, no te estarías empeñando tanto en persuadirme de que lo eres! Sé que no te acuestas con cualquiera. Lo supe antes de que hiciéramos el amor la primera vez. Debería haberte dejado tranquila, pero te deseaba tanto, que los principios que habían regido mi vida hasta entonces de pronto no significaron nada para mí. Tenía tanto miedo de perderte. Y tú también me deseabas.

—No —susurró ella.

—Estás mintiendo otra vez.

—¿Por qué te marchaste? —estalló ella—. Cuando

hicimos el amor esa primera vez... y luego, cuando me resbalé en la montaña. ¿Por qué?

—La primera vez, sabía que estaba buscándote problemas. Tú eras todo lo que siempre había deseado... y sabía que no podía tenerte. Nunca. No podía divorciarme de Gina.

¿Gina? Blair se quedó sin aliento al oírlo nombrar a su esposa.

—De modo que huí de la tentación. Pero no podía mantenerme alejado. ¿La segunda vez? —sonrió con ironía—. Entonces fue cuando me di cuenta de que te amaba. Te vi resbalar y pensé, «Dios mío, ahí va mi vida». Estaba aterrorizado, porque nunca le he dado a ninguna mujer esa clase de poder sobre mí. Te dejé porque fui cobarde. Y porque tú merecías mucho más que lo que yo podía darte. Yo no tenía derecho a mantenerte atada a mí durante años, quizá, sin poder ofrecerte nada más que una aventura a larga distancia.

—Creo me correspondía a mí tomar esa decisión —repuso ella con frialdad.

—No quería ver que te amargaras, como me estaba amargando yo, que quisieras más de lo que yo podría darte. Tú merecías un marido, hijos, merecías felicidad, y paz... todas las cosas que yo no podía darte. ¿Qué decisión habrías tomado si hubieras sabido que estaba casado?

—No lo sé, ¿o sí? Tú me quitaste el derecho a tomarla.

—Me comporté como un tonto. Un tonto y un cobarde. Te he echado mucho de menos. Estar lejos de ti es como morir de sed, como desear hierba verde en el desierto, como el recuerdo del verano para un hombre congelándose en un glaciar. No puedo dormir sin soñar contigo y no puedo trabajar porque tú te interpones entre cualquier otra cosa y yo. Creo que soy adicto a ti.

Adicto. Aquella palabra resonó tan dolorosamente en su corazón que durante un largo segundo Blair fue incapaz de hablar. Hugh estaba volviendo la cabeza cuando Blair dijo con voz distante.

—Las adicciones pueden ser perjudiciales.

—¿Me estás diciendo que no sientes lo mismo?

—No puedo decir que no te deseo —admitió Blair, insegura—, pero no creo que sea buena idea.

—¿Por qué? ¿Existe otro hombre?

—No.

—Me lo preguntaba —comentó Hugh—. Durante los últimos seis meses me he estado diciendo a mí mismo que esperaba que encontraras a alguien que no te lastimara. Pero cuando te vi de nuevo supe que era una estupidez. Tú eres parte de mí y me resultaría difícil no matar a cualquier hombre que intentara alejarte de mi vida.

Blair no estaba preparada para enfrentarse a ese tipo de conversación; se sentía débil y cansada y tenía un doloroso nudo en la garganta. Cambiando de tema, preguntó con voz ronca:

—¿Por qué mandaste a Rilla a verme? ¿Te sentías culpable?

—¡No! Tú eres buena, tienes talento, quizá más que talento. Te mereces una oportunidad. Una vez comentaste algo acerca de tratar de superar tus años como decoradora y yo sabía que Rilla sería la persona ideal para iniciarte. A ella le importan un comino todas esas viejas consignas. Está convencida de que vas a dejar tu nombre en los libros de historia, y que ella va a ganar una fortuna en el proceso.

—Todo esto está muy bien, pero...

—Escúchame, Blair. Has dejado endemoniadamente claro lo que has pensado y son tonterías. Le enseñé a Rilla las pinturas que te compré y se quedó prendada:

estaba deseando ir a conocerte —sonrió con ironía—. Y ahora que hemos zanjado ese asunto, me gustaría hablarte de mi matrimonio.

Blair se mordió el labio e intentó alejarse de él.

—Quédate ahí —dijo Hugh tomando su mano y posándola sobre su corazón—. Necesito que estés a mi lado.

Necesitar era una palabra extraña. Blair no podía creer que Hugh necesitara una mujer más que en el más obvio sentido físico.

Hugh no comenzó inmediatamente, permaneció durante unos segundos de espaldas, mirando hacia el techo. Blair sentía el latido constante de su corazón. Vacilante y escogiendo con cuidado las palabras, Hugh comenzó:

—Sé que lo último que te apetece es oírme hablar de mi matrimonio, y para ser sincero, preferiría no hacerlo, pero creo que podría ayudarte a entender por qué me comporté del modo en que lo hice. Es difícil, porque no quiero serle desleal a Gina.

Blair arqueó las cejas.

—¿Y el serle infiel no lo fue? —preguntó con acidez, tirando de la sábana con su mano libre para ocultar su desnudez—. Mi ex esposo me fue infiel y yo lo consideré deslealtad por su parte.

—Gina era inválida.

Blair palideció.

—¿Qué?

—Sí. Tuvo un ataque de apoplejía hace seis años, una semana antes de la fecha prevista para la boda. Fue una tragedia. Ella sólo tenía veintisiete años. Al principio los médicos... bueno, todos esperábamos que ella recobrara el uso completo de sus facultades, pero ella estaba convencida de que para hacerlo necesitaba estar casada conmigo, de modo que... seguimos adelante con la boda.

—Pero no funcionó.

Blair se sentía enferma, torturada por el dolor ante las injusticias de la vida.

—No. Gina empezó a desesperarse cuando se dio cuenta de que nunca iba a mejorar. Lo único que yo podía hacer por ella era tratar de hacerla feliz. Eso tampoco funcionó. No había posibilidad de una vida normal, ni de tener hijos, pero yo no podía divorciarme de ella, dependía completamente de mí. Además —continuó con voz tajante y llena de sarcasmo—, le debía mi lealtad.

—Lo siento tanto.

«Pobre Hugh», pensó Blair al descubrir el infierno al que lo había llevado su sentido de la responsabilidad.

Pero él debería habérselo dicho. Hugh le había mentido deliberadamente, por omisión. Blair se mordió el labio hasta que le dolió. Oh, ¿por qué no admitirlo? No tenía sentido tratar de mantener al rojo vivo su indignación y dolor; conociendo las circunstancias, podía comprender la conducta de Hugh.

Sin embargo, entender no era perdonar.

—¿Por qué no me lo dijiste? —preguntó, admitiendo tácitamente que quizá se hubiera entregado si él lo hubiera hecho.

—Hasta que te conocí, fui absolutamente fiel. Y después... fue como un sueño; tú eras una mujer llena de vida y reías... al principio creo que deseaba tu risa tanto como te deseaba a ti. Cuando hicimos el amor, supe que había encontrado algo incomparable, y que tú eras un peligro del que tenía que alejarme.

Permaneció en silencio, evidentemente tratando de aclarar sus pensamientos. Era evidente que ese tipo de revelaciones le resultaban dolorosas a Hugh.

—Pero no pude mantenerme alejado. Averiguar si estabas embarazada fue sólo un pretexto, desde luego. ¿Te pareceré vanidoso si te digo que en realidad no esperaba que me rechazaras? Te deseaba y te necesitaba tanto que pensé que tú debías sentir lo mismo.

—Lo sentía —confesó ella—. Por eso fui tan intransigente. Al igual que tú, tenía miedo.

—Pero no parecías tener miedo. Yo estaba confundido, enfadado y desesperado, pero una cosa sí entendía. Te había hecho daño y no quería volver a hacértelo nunca. Eso alteraba todas las reglas. Quería hablarte de Gina, aunque en esa etapa todavía no me había dado cuenta de que te amaba; todavía pensaba que era sólo deseo y la necesidad de una clase de amistad que nunca antes había experimentado con una mujer. Después, en casa de los Chapman, te oí hablando muy severamente de la lealtad. Lo que dijiste me dejó muy claro que, si te decía que tenía una esposa, me dejarías. Y no pude hacerlo. Te necesitaba demasiado.

—Sí, lo recuerdo.

Blair se pasó la mano por el cabello.

—Supongo que estoy obsesionada con eso —le explicó—. El hombre con el que estuve comprometida cuando tenía veintidós años decía que me amaba, pero no pudo serme fiel. Y Gerald, mi ex esposo, me dejó por una joven con la que hacía varios meses tenía una aventura.

—Ya veo —Hugh permaneció en silencio durante un rato y al fin dijo lentamente—. Eso explica muchas cosas. Yo sabía que me deseabas, pero eras feliz con tu vida, eras una mujer madura, segura de ti misma, la antítesis de la pobre Gina. Podrías haber tenido a cualquier hombre que desearas. Y tenías unos severos principios morales. ¿Me habrías rechazado, Blair?

—No lo sé —dijo preocupada, incapaz de mentir—. Quizá, aunque si me hubieras hablado de tu matrimonio... Fue el hecho de que no me hubieras dicho nada lo que más me molestó... Pensé, «Dios, otro que ha mentido y engañado»... No lo sé. Simplemente no lo sé.

—No tiene importancia. Decidí, a sangre fría, no decírtelo. Me dije a mí mismo que tomaría lo que pudiera obtener de ti y pagaría por ello más tarde. Tú no parecías interesada en el matrimonio y sí, supongo que fui culpable de considerarte una artista bohemia. Tienes una forma de mirar a un hombre que lo hace pensar en todo tipo de delicias ocultas.

Hugh la miró atentamente a los ojos.

—Me estaba engañando a mí mismo, desde luego, tratando de encontrar una razón para convertirte en mi amante, porque sabía que no podía permitirme el lujo de enamorarme de ti. De modo que decidí que algún día, cuando tú realmente confiaras en mí, te hablaría de mi matrimonio. Supongo que esperaba que saliera bien.

Con voz seca y clara, terminó:

—No es propio de mí, créeme. Desprecio a la gente que confía en la suerte. Supongo que es irónicamente apropiado que la única cosa que no pudieras perdonar fuera la infidelidad.

—Lo que me dio tanta rabia... todavía me da rabia es que cuando me enteré de lo de tu esposa, tenía la sensación de que me habías sido infiel a mí.

Hugh la miró entonces con una sonrisa radiante.

—De modo que me amas.

—Por supuesto que te amo —dijo ella y, para horror suyo, los ojos se le llenaron de lágrimas.

—Corazón, mi chica dorada de verano, por favor no llores.

Hugh la abrazó y acarició la larga y hermosa línea

de su espalda mientras ella lloraba. Al final, Blair dejó de llorar y se quedó tumbada junto a él, acurrucada en la fuerza consoladora de sus brazos. Por primera vez en su vida, se sentía protegida, completamente segura.

—Lo siento —susurró Hugh contra su pelo—. ¡Dios, lo último que quiero es hacerte daño, y sin embargo lo he hecho tan a menudo! Había renunciado a toda idea de amor, de llevar una vida normal, y luego... te vi y creo que enloquecí. Fui codicioso, de modo que actué sin pensar en nada y te hice mucho más daño que tu maldito esposo. Háblame de él. ¿Cómo, en el nombre de Dios, pudo serte infiel?

Blair suspiró.

—Él creía que tenía una buena razón para serme infiel. Un año antes de que me dejara, yo había estado en El Amir cuando el actual emir tomó el poder. ¿Lo recuerdas?

Hugh la abrazó con fuerza.

—Sí, lo recuerdo. Los extranjeros estuvieron retenidos durante algún tiempo, ¿no es así? No me digas que tu esposo encontró a otra mujer mientras tú estabas allí.

—No. Fuimos reunidos y nos llevaron a las montañas... para protegernos, nos dijeron. Para mi mala fortuna, nuestro carcelero, que era el jeque local, me tomó simpatía; decidió que yo sería una buena mujer para su harén. Yo protesté, desde luego, pero el ignoró mis protestas. Después de todo, yo tendría una posición especial en su casa; no sería una esposa, pero tampoco sería una simple concubina. Según él, todo el mundo sabía que las mujeres occidentales han sido totalmente desfemineizadas por su educación, de modo que él

envió a un par de mujeres para que me enseñaran todo
sobre el sexo.

—¿Te violó?

—No, no tuvo tiempo. Kieran Sinclair llamó a sus
contactos y cruzó la frontera galopando sobre un caba-
llo árabe —Blair esbozó una triste sonrisa—. Yo había
pasado miedo durante mucho tiempo, encerrada y sola,
siendo tratada como si mi único valor fuera mi sexualidad... ni siquiera eso, sólo mi cuerpo... Cuando volví,
todo lo relativo al sexo me asqueaba. No podía permitir que Gerald se acercara a mí, de modo que... él me
fue infiel. Así —terminó ella con una sonrisita irónica—,
demostré que la única parte de mí que para él tenía
algún valor era mi cuerpo.

Hugh frunció el ceño.

—Pero a mí me respondiste...

—Sí, bueno, el psicólogo me dijo que lo superaría;
sólo necesitaba tiempo.

—Y todo lo que hice —repuso Hugh— debió convencerte de que yo era igual que los otros: que también te
quería solamente por tu cuerpo. Te había dicho que te
amaba y después descubriste que tenía una esposa.

Hugh hablaba en voz baja, con expresión sombría.

—Después de la muerte de Gina, me odiaba a mí
mismo, me hundí en culpabilidad y dolor, porque me
alegraba de que Gina estuviera muerta, y me sentía
como si mi felicidad la hubiera matado. Tenía que
volver a ti, pero cuando me dijiste que me largara, me
pareció que estaba siendo justamente castigado. Viví
un infierno, pero creía merecerlo. Os había traicionado
a las dos. Incluso quería alejarte, culparte a ti, para así
castigarme a mí mismo.

—Entonces, ¿por qué estás aquí?

Hugh sonrió como si estuviera burlándose de sí
mismo.

—Porque he recuperado el sentido. No debería haberme casado con Gina, pero creía que se lo debía. Y, en cierto modo, la amaba.

—Debes haberla querido mucho. La mayoría de los hombres ni siquiera hubieran pensado en casarse con ella.

—Lo que sentía por ella era afecto y deseo; decidí que, como nunca me había enamorado perdidamente, era evidente que nunca me iba a suceder, de modo que podía casarme con alguien que me gustaba, una mujer a la que deseaba y que sería una excelente madre para mis hijos.

—A sangre fría.

—Yo soy así —respondió él en voz baja—. Sólo contigo pierdo el control. Me casé con ella porque creí que me necesitaba y porque le debía mi lealtad. Cuando murió, creo que me volví loco durante algún tiempo. Me parecía tan injusto que su vida hubiera terminado así. Pero cuando conseguí aceptar que los momentos que había pasado a tu lado valían más para mí que todo el resto de mi vida supe que no descansaría hasta recuperarte.

—Entonces, ¿por qué no volviste, sencillamente? ¿Por qué esa complicada tarea en la que involucraste a Rilla y a la galería?

—No es ninguna farsa. Rilla está encantada de que te hayas unido a ella. Quería que tuvieras éxito. No tenías ninguna esperanza de escaparte, Blair. Te necesito bastante más de lo que necesito respirar. Estaba dispuesto a acecharte durante años, a hacer cualquier cosa para recuperarte. Aceptaba que probablemente había matado tu amor, pero sabía que me deseabas. Decidí empezar con eso, haría que lo admitieras y empezaría a construir a partir de ahí.

—Qué arrogante —dijo ella con frialdad.

Hugh la miró con diversión y ternura.

—Sí, me temo que sí. Pero soy un hombre normal y corriente, Blair, sólo un hombre que se ha enamorado, por primera vez en su vida y que no puede pensar con frialdad.

¿Un hombre corriente? Blair estuvo a punto de soltar una carcajada ante lo absurdo de tal declaración. Hugh era un hombre con un sentido de la responsabilidad particularmente rígido y con la fuerza de carácter suficiente como para haberse casado con una mujer que lo necesitaba aunque para ello hubiera tenido que renunciar a sus sueños. No, él no era ningún hombre normal. Era el hombre que iba a compartir el resto de su vida con ella.

Quería decírselo, pero la emoción se lo impedía.

—No llores más —susurró Hugh—. Te amo. Te amaré hasta que muera. ¿Existe la más remota posibilidad de que puedas perdonarme?

—Oh, Hugh, tonto —susurró ella—. Por supuesto que te perdono. Te he amado desde el instante en que miré hacia el otro lado de ese salón y te vi hablando con Sam. ¿Por qué diablos crees que me acosté contigo tan pronto?

Hugh soltó una dulce carcajada y su rostro se iluminó con la alegría pura de un amante.

—Entonces, ¿cuándo podemos casarnos?

—En cuanto quieras —respondió ella rápidamente.

—¿En dónde te gustaría vivir?

—En cualquier parte que tú estés.

Hugh rió, pero pronto ambos quedaron paralizados. Alguien gritó desde abajo:

—¿Blair? ¿En dónde estás?

Mientras se oía subir a Tegan la escalera, Hugh estiró la sábana. Blair se arriesgó a mirar a Hugh y lo vio comenzar a reír profundamente, con la satisfacción de un hombre cuya vida se ha arreglado de pronto.

—Blair, qué...

Tegan abrió los ojos horrorizada y se detuvo en el umbral de la puerta.

Blair ocultó el rostro en el hombro de Hugh incapaz de mirar a Tegan a los ojos.

Después de lo que sólo podría ser descrito como una pausa embarazosa, Tegan dijo alegremente:

—Hola. Tú debes de ser Hugh Bannatyne. Ya era hora de que aparecieras. Kieran estaba diciendo anoche que pensaba que tendría que ir a buscarte. Bienvenido a la familia. La próxima vez, ¿por qué no llamas, en vez de tirar abajo la puerta? ¿Y podrías por favor llamar a Kieran, porque creo que este niño viene en camino?

Diez horas después, Blair sostenía a su ahijado en brazos.

—Es hermoso —suspiró—. Oh, Tegan, es simplemente maravilloso.

Blair miró a su alrededor, rebosante de alegría, y miró a Hugh.

—Pienso que deberíamos tener uno —dijo con firmeza.

Hugh sonrió.

—Está bien.

Tegan los miró preocupada.

—No os atreveréis a casaros antes de que yo recupere mi cintura.

Todos rieron y Hugh le preguntó:

—¿Cuánto tiempo tardarás? Porque te advierto que no pienso esperar más de una semana.

—¿Una semana? —preguntó Blair.

—Así es.

—¡Pero mis padres están de viaje!

—Qué pena —declaró él, sin misericordia—. Devuélvele ese hijo a su padre y sal al pasillo, donde podemos discutir las cosas sin molestar ni a la madre ni al hijo.

—Blair —dijo Tegan, sonriéndole a su marido—, acéptalo. Cuando un hombre habla así es que está dispuesto a conseguir lo que quiere.

Blair le dio un beso a su ahijado.

—Sosténlo con cuidado.

Y se lo devolvió a Kieran. Éste miró a su hijo, y luego a su esposa, con una expresión que Blair nunca antes le había visto. Tragando saliva, salió de la habitación con Hugh, dejando atrás a tres personas que no podrían ser más felices.

—Una semana —dijo Hugh.

—Está bien.

Hugh rió y, delante de la mirada curiosa de dos enfermeras y un gran oso de peluche que estaba apoyado en una silla, la besó.

—Supongo que no vas a ser así de dócil siempre, pero estoy disfrutando. Bienvenida al futuro, mi queridísimo amor.

Con los ojos llenos de lágrimas, Blair sonrió. Todos sus sueños se estaban haciendo realidad.

La investigadora privada Debbie Harker estaba
harta de casos difíciles, y convertirse en la chica de un
famoso gángster era uno de ellos. Pero más duro aún
era trabajar con su compañero, el detective inspector
Jake Garfield; decidido, malhumorado y ...

Trabajar con una mujer era lo último en el mundo
que Jake quería hacer, pero sólo una mujer irresistible
como Debbie podía ayudarlo a infiltrarse en el
hampa. Una mujer tan sexy podría convertir la vida
de un hombre en un cielo o en un infierno. Jake conocía el infierno. Pero no el cielo... o todavía no...

PIDELO EN TU QUIOSCO

Estelle tenía muchos motivos para estar agradecida a Hunter Deveraux. Ese hombre los había sacado a ella y a su sobrino de la miserable situación en que se encontraban. El corazón de Estelle no sólo albergaba gratitud, sino también un sentimiento más profundo. Pero un secreto terrible la obligaba a apartarse de él. Estelle había descubierto que Hunter era el hombre que había dejado embarazada a su hermana y luego la había abandonado. Debía tener eso muy presente para no permitir que sus sentimientos la arrastraran hacia una relación imposible.

Turbio descubrimiento

Laura Martin

PIDELO EN TU QUIOSCO